길 위의 황제

길 위의 황제

조선 마지막 황제 순종의 도쿄 방문기

박영규 장편소설

살림

황제였지만 한 번도 황제였던 적이 없는 사람, 궁궐에 살았지만 한 번도 군림해본 적이 없는 사람, 왕이었지만 평민의 삶을 더 부러워했을 사람.

나는 그런 그를 늘 기피해왔다. 그래서 졸저 『한권으로 읽는 조선왕조실록』에서 폐위 이후의 그에 대해 '16년 동안 창덕궁에서 머물다가 한 많은 생애를 마쳤다'는 한 문장으로 표현했는지도 모른다.

사실 나는 그에 대해 잘 몰랐다. 아니 알려고도 하지 않았다. 그를 생각하면 가슴이 답답하고 숨이 막혔다. 화가 나고 자존심이 상했으며, 이유 없는 상실감에 빠졌다. 그래서 그에 대해 생각하는 것 자체를 싫어했다.

어쩌면 이것은 나만의 감정은 아닐 것이다. 그래서 『순종실록』 부록에 남아 있는 다음 기록을 암암리에 비밀에 부쳤는지도 모르겠다.

10년(1917년, 일본 대정 6년) 6월 8일: 남대문역에 직접 나가서 특별열차를 타고 도쿄로 향하였다.

6월 14일: 황궁에 나아가 천황과 황후를 봉황문에서 알현하고 현소에 참배하였으며, 이어 동궁의 처소를 방문하였다.

순종의 도쿄 방문, 그리고 일왕 요시히토에게 행한 굴욕적인 알현.

나는 그동안 그의 굴종에 대해 아무에게도 말하지 않았다. 그런 굴욕적인 일을 할 바에야 차라리 자결을 택하는 것이 나았다는 생각을 했다.

하지만 그는 죽을 자유도 없는 사람이었다. 사는 것이 죽는 것보다 힘든 사람이었다. 몸은 궁궐에 있었으나 마음은 늘 감옥에 갇혀 지낸 사람이었다.

그런 사실을 알고 난 뒤, 나는 그를 다시 생각했다. 그는 어떤 마음으로 살았을까? 그는 어떤 마음으로 요시히토에게 무릎을 꿇고 신하의 예를 갖췄을까?

나는 한번 그가 되어보기로 했다. 소설의 힘을 빌려 그의 삶을 살아보기로 했다. 그가 얼마나 쓸쓸하고 외롭고 답답했는지 경험하고자 했다.

그때 나도 심신이 몹시 지쳐 있었다. 어떤 조직을 이끈다는 것은 외롭고 쓸쓸한 일이었다. 누군가에게 배반을 당한다는 것이 무엇인지 깨닫고 있던 때였다. 머리 검은 짐승의 간교함에 대해 진저리를 치고 있던 때였다. 믿고 의지하던 사람들이 쓰러지는 것을 보고 망연자실하던 때였다. 일국의 왕이라면, 그것도 망국

의 왕이라면 나의 외로움과 쓸쓸함은 비교도 되지 않았을 것이
라는 생각에 이른 때였다. 그래서 나는 그의 대역을 행하기가 수
월했는지도 모르겠다.

모쪼록 이 소설이 그를 기피하고, 그의 존재를 부끄러워했던
나 같은 이들에게 그를 이해하고 따뜻한 시선으로 바라보는 계
기가 되길 바란다.

파주 심학산 발치에서 박영규

1장

갇힌 새

　열린 문틈으로 길 잃은 새 한 마리가 날아들었다. 녀석은 나
갈 길을 찾지 못해 분주하게 움직였다. 날개를 파닥거리며 이 문
저 문 살피고 다녔다. 그러다 곧장 천장으로 날아올랐다. 대들보
위에 앉더니 고개를 갸웃대며 눈을 깜박거렸다. 출구를 찾고 있
는 것이 분명했다. 한참을 그렇게 앉았더니, 갑자기 몸을 날려 가
장 멀리 있는 동쪽 문을 향해 돌진했다. 저러다 부딪치면 어쩌나
싶었다. 그런데 용케 문틈으로 몸을 비집고 나가더니 이내 사라
졌다.
　"허허, 기특한 놈이로다. 나갈 길을 스스로 만들다니, 참으로

기특한 놈이로다. 기특하다, 기특해!"

그렇게 감탄을 쏟아내고 있는데, 조종웅 상궁이 들어왔다. 민망함이 배어 있는 곤란한 낯빛이었다. 말하기를 주저하는 것으로 봐서 그자가 온 것이 분명했다.

"누가 왔는가?"

"이완용 후작이 뵙기를 청합니다."

들어보지 않아도 무슨 말을 하러 왔는지 뻔한 노릇이었다. 이미 조 상궁을 통해 덕수궁에서 무슨 일이 있었는지 듣고 있던 터였다. 폐하의 노여움이 하늘을 찌르셨다 하옵니다. 폐하께서 후작에게 하세가와 총독의 총검을 빌려 황실을 겁박하느냐고 몰아세우셨다 하옵니다. 그런 조 상궁의 전언을 듣고 한편으로 속이 후련하기도 했다. 아바님께서는 어디서 그런 용맹이 솟구치시는지 부럽기도 하였다. 하지만 덕수궁을 설득하지 못했으니, 이제 내게 찾아올 것이 분명한 일이었다. 하세가와 총독의 부탁을 받고 먼저 덕수궁을 찾은 것은 나에 대한 선전포고일 것이다. 덕수궁에서 승낙을 받지 못할 것을 뻔히 알면서도 아바님의 심기를 건드린 것은 내게 불안감을 가중시키려는 그자다운 술책이었다. 그것이 통하지 않는다는 것을 보이고 싶었다.

"들라 하라!"

"전하, 평안하시옵니까?"

“폐주가 평안하면 되겠소? 후작께서는 편안하신 모양이오?”

이완용의 가는 눈썹이 꿈틀거렸다.

“신은 전하의 은혜에 힘입어 잘 지내옵니다.”

“어찌 그게 내 덕이겠소? 모두 후작의 탁월한 처세술 덕이겠지요.”

이완용은 어두운 낯빛으로 잠깐 동안 생각에 잠긴 듯 말을 하지 않았다. 나는 그 눈빛을 외면하고 몸을 틀어 백자 항아리를 응시했다.

“신이 뵙고자 청한 것은…….”

“덕수궁에서 하던 말을 내게 할 참이오?”

“이미 알고 계시니 바로 말씀드리겠습니다. 신도 이런 말씀드리기 송구하오나 총독의 압박이 심하옵니다. 신하 된 자로 차마 입에 담을 수 없사오나, 이미 우리 조선은 일본과 합병하였고, 그로부터 벌써 세월이 십 년에 다가서고 있습니다. 역사의 전례가 그러하듯 작은 나라가 큰 나라를 섬김에 있어 예의를 다해야 마땅하고, 그러니 전하께서 동경을 방문하여 천황을 알현하는 것은 피할 수 없는 일입니다. 왕실을 위해서나 앞날을 위해서나 전하의 동경 방문은 반드시 필요한 일입니다.”

무슨 말로 이자의 말문을 막을 수 있을까? 늙은 여우 같은 이자의 머릿속엔 지금 무슨 생각이 들어 있을까? 너는 무엇 때문에 나를 비굴하게 만들려 하느냐? 이 일이 너에게 무슨 이득을 주는 것이냐? 너의 기름진 배를 더 기름지게 만드느냐? 아니면 너의 가슴에 더럽게 달려 있는 훈장을 추가하는 일이냐? 버러지 같은 놈! 나라를 팔고, 백성을 팔고, 군주를 팔아 제 배에 기름만 채우는 놈! 그런 독설을 쏟아놓고 싶었다.

"내가 가지 않겠다고 한다면?"

"총독부가 그대로 보고 있지 않을 것입니다. 이미 경험했지 않습니까? 총칼을 앞세워서라도 반드시 자신의 뜻을 관철시키는 것이 지금의 일본국입니다. 을미년의 일을 잊으셨습니까?"

을미년! 주먹을 감아쥐었다. 네놈이 신하 된 자로 감히 그 일을 입에 올리며 나를 겁박하려는 것이냐? 그래서 나도 어마님처럼 칼로 찔러 몸을 찢어 불사르고 뼈를 태워 영원히 흔적도 없이 사라지게 할 속셈이냐? 그래 날 한번 죽여보아라. 날 찔러보아라. 나를 태워 가루로 만들어 바람에 날려보아라. 나도 정녕 죽고 싶다. 목구멍까지 그런 말들이 차올랐다. 하지만 무엇인가 목구멍을 단단히 막고 있었다. 죽고 싶어도 참아야 한다. 고려를 생각해라. 고려의 공민왕을 생각해라. 그 아무리 드센 창칼도 때가 되면 무뎌지고 녹이 슬어 사그라지기 마련이다. 그때까지 왕실을 보존해야 한다. 비참하고 비굴하고 참담하여도 기어코 살아남아 공민왕이 그랬듯 나라를 다시 일으켜야 한다. 백성을 다시 살려야 한다. 그것만이 백성의 한을 달래는 것이다. 조종(祖宗)에 지은 죄를 씻는 것이다. 그런 아바님의 말씀이 내 목구멍을 틀어막고 있었다.

"전하께서 거절하시면 하세가와는 더욱 덕수궁을 몰아세울 것입니다. 그러면 덕수궁 전하의 옥체는 어찌 되겠습니까? 거기다 동경에 계신 세자 전하는 어떤 처지가 되겠습니까?"

"지금 경이 나를 협박하는 것이오?"

"제게는 전하를 협박할 만한 힘이 없사옵니다."

"경이 내게 무슨 말을 해도 나는 동경에 가서 입조할 수 없소. 설사 내가 가고 싶어도 내 몸이 성치 않아 가지 못하오. 경도 알다시피 내 이빨은 이미 의치로 채워져 있고, 그 때문에 제대로 된 음식은 먹지도 못하오. 기껏 매일같이 죽이나 먹어야 하는 몸으로 거친 파도가 몰아치는 바다를 어떻게 건너갈 수 있겠소. 나는 차멀미도 심하오. 내가 탈 수 있는 것은 고작 열차 정도요. 더구나 배는 태어나서 거의 타본 일이 없소. 필시 나는 동경에 도착하기도 전에 탈진하고 말 것이오. 경은 바다 한가운데에서 토사곽란으로 선상을 뒹구는 나를 보고 싶은 것이오? 정녕 그것이 경이 바라는 바요?"

"전하께서는 지난번 대묘를 방문하실 때도 아무 문제가 없었습니다. 전하께서는 이미 충분히 강녕하십니다."

아, 그것이었구나. 나는 그때서야 그간의 의문을 해소하였다. 하세가와가 내게 함흥의 대묘를 다녀오도록 한 것부터 모두 계획적인 일이었던 것이다.

보름쯤 전이었다. 이왕직(일제 강점기에 조선 왕실의 일을 맡아보던 관청) 장관 민병석이 느닷없이 이런 말을 하였다.

"전하, 봄도 무르익었고, 날씨도 좋은데 함흥의 대묘에 행차하시는 것은 어떻습니까?"

"함흥의 정릉을?"

"그러하옵니다."

"일인(日人)들이 허락하겠소?"

"신이 허락을 얻어보겠습니다."

그리고 바로 다음 날 총독부의 승낙이 떨어졌다. 나는 큰 횡재를 한 느낌이었다. 하지만 도대체 왜 내게 정릉까지 능행을 권하는지 그 속내를 알 수 없었다. 어쨌든 답답한 차에 잘되었다고 생각했다. 오랜만에 열차를 타는 것도 좋았고, 함흥의 넓은 벌판을 보는 것도 좋았다. 아, 그런데 그것이 모두 나의 건강을 시험하기 위한 수작이었단 말인가!

"그렇게 내 몸을 잘 아시니, 그대가 나를 대신하여 내 옷을 입고 동경으로 가면 되겠구려. 동경에 가고 싶은 건 내가 아니라 그대 아니오?"

"어찌 그런 말씀을……."

"더 이상 아무 소리도 듣고 싶지 않소. 그만 돌아가시오."

"전하, 아무리 고집을 부려도 결국 갈 수밖에 없는 길입니다. 이왕 가실 바에야 흔쾌히 승낙하여 저들의 마음을 흡족하게 하는 것이 왕실과 전하를 위해 좋은 일이옵니다."

"듣기 싫소! 그만 나가시오!"

그렇게 이완용을 쫓아냈지만, 그 말이 틀린 것은 아니었다. 이미 말이 나온 이상 일인들은 나를 관에 넣어서라도 동경까지 데려가서 일왕(日王) 앞에 무릎을 꿇릴 것이 분명했다.

내가 거절하면 덕수궁을 몰아세울 것이라고? 그렇다면 놈들이 다시 아바님을 협박하겠다는 말인데…….

이완용의 말은 곧 현실이 되었다. 하세가와는 이완용이 나를 설득하는 데 실패하자, 이번에는 윤덕영을 앞세웠다. 이완용이 늙은 여우라면 그자는 굶주린 승냥이 같은 놈이었다. 그자를 생각하니, 경술년의 그날이 되살아났다.

그날 국새를 빼앗기 위해 덤벼들던 그자의 몸짓과 표정을 잊을 수가 없었다. 그자에겐 이미 나는 군주도 인척도 아니었다. 자신이 섬기던 군왕에 대한 어떠한 예우도 없었고, 황후의 백부로서 지켜야 할 어떤 체면도 찾아볼 수 없었다. 그저 굶주린 승냥이가 고깃덩이를 채가듯 그악스런 몸짓으로 국새를 앗아갔다.

그 뒤로 이상하게 그자 앞에 서면 주눅이 들었다. 그자가 내게 뭔가를 요구하면 다리가 떨리고 온몸에 진땀이 났다. 언젠가는 그자가 달려들어 내 팔과 다리를 마구 물어뜯더니, 18개나 되는 내 의치를 손으로 뽑아 허공으로 던져버리는 꿈을 꾸기도 했다.

사실, 김흥륙이 내 커피에 아편을 탄 뒤로 나는 이빨 빠진 늙은이가 되고 말았다. 스물다섯 살의 나이에 이미 이빨이 다 빠져버려 의치로 살아야 하는 신세가 되고 나니, 무슨 일에든 자신이 없어졌다. 더구나 윤덕영같이 온몸에 생존의 비린내를 풍기는 자들을 만나면 공포심부터 앞섰다.

그자가 앞장서서 덕수궁을 압박하고 있다는 소식을 듣고, 한숨부터 쏟아졌다. 벌써 3일째입니다. 폐하께서 기침하시면 쫓아가서 폐하더러 직접 동경으로 가야 한다고 억지를 쓰고, 또 폐하께서 수라를 드시면 자기도 밥을 먹고, 폐하께서 주무시면 자기도 덕수궁에서 잔다고 하옵니다. 저러다 태황 폐하의 옥체에 해가 될까 두렵습니다. 찬시장 윤 자작은 물러서는 법을 모르는 위인입니다. 기어코 태황 폐하를 이겨먹을 속셈입니다. 조 상궁의 그런 전언을 듣자, 정말 금세라도 아바님이 쓰러질 것처럼 느껴졌다.

아바님은 내겐 방풍림이었다. 세차고 요망한 망국의 바람을 막아주는 거대한 숲이었다. 그 숲이 사라지면 나는 무엇 하나

이겨낼 자신이 없었다. 아, 어째서 나는 어마님의 지혜도 아바님의 기개도 물려받지 못한 것일까? 어째서 나는 이리도 못난 것일까? 용맹스럽지도 못하고 교활하지도 못하고, 우둔하고 나약하기만 한 것일까?

"민병석 장관을 불러오라! 어서 불러오라!"

민병석이 마치 바로 궁 밖에 대기하고 있었던 것처럼 빨리도 왔다. 종종걸음을 쳤는지 다소 거친 숨을 쏟아내고 있었다. 하지만 입가엔 엷은 미소가 흘렀다. 그 웃는 입을 찢어버리고 싶은 심정이었다.

"윤덕영 찬시장에게 내가 오란다고 전하시오. 내게 할 말을 왜 덕수궁에 하는지 모르겠소. 어서 오라 하시오. 내가 갈 것이오. 내가 동경으로 갈 것이오."

"잘 생각하셨습니다. 어차피 해야 할 일입니다."

민병석이 나간 뒤에 조 상궁을 불러 물었다.

"동경을 가려면 얼마나 배를 타야 하는가?"

"아침에 배에 올랐는데, 일본 시모노세키 항구에 도착하니 밤이었습니다. 폐하."

10년 전쯤에 이토가 살아 있을 때, 상궁 셋을 보내 세자 은(垠)의 생활을 살펴보고 오라고 한 적이 있었다. 조 상궁은 그 셋 중 하나였다.

"배는 심하게 흔들리지 않았는가?"

"심하게 흔들리지는 않았지만, 머리가 좀 아팠습니다. 하지만 그다지 힘들지는 않았습니다. 철선이 아주 큰 데다, 선실이 안방처럼 잘 꾸며져 있어 편안하게 갈 수 있었습니다. 그러니 폐하께서는 크게 염려하지 않으셔도 될 듯합니다."

그래도 나는 배를 타는 것이 두려웠다. 듣기로는 뱃멀미는 자동차나 열차 멀미에 비할 바가 아니라고 했다. 나는 열차를 타는 데엔 무리가 없었는데, 자동차는 조금만 오래 타도 울렁거리고 구역질이 났다. 그런데 뱃멀미를 하면 창자까지 다 쏟아낼 지경이라고 하니, 겁을 내지 않을 수 없었다.

"조 상궁은 나를 안심시키려고 애쓰지 않아도 된다. 사실대로 말해다오."

"사실이옵니다. 저희 셋 중에 저와 김 상궁은 조금 머리만 아팠고, 백 상궁만 약간 구토 증세가 있었습니다. 폐하, 너무 겁낼 일이 아니옵니다. 더구나 폐하가 타실 배는 저희가 탄 배보다 훨씬 크고 안락할 것이옵니다. 염려 마소서."

"알았네. 자네 말을 믿겠네. 그리고 내 원행 길에 자네를 꼭 데리고 가겠네. 잘 좀 도와주게나."

말은 그렇게 했지만, 조 상궁의 말이 썩 미덥지는 않았다. 창덕궁에 상궁이라야 조 상궁을 비롯하여 20명이 채 안 되는데,

하나같이 일인들과 친한 부류였다. 그나마 조 상궁은 일인을 두둔하는 일은 없었다. 하지만 그 속을 알 수 없었다. 수백 명의 궁녀 중에 일인들과 친분이 없는 이는 모두 쫓겨난 상태였다. 그렇다면 필시 조 상궁도 일인들의 비위를 맞추고 있을 것이 분명했다. 더구나 조 상궁은 이토가 뽑아 동경에 보낸 세 명의 상궁 중에 하나였다. 하지만 내 앞에선 단 한 번도 일인을 높인 일이 없었다. 일인의 물품과 문물을 칭송하는 일도 없었다. 동경을 다녀온 뒤에도 일인의 신식 문화와 기계에 대해서 언급하는 일이 없었다. 하지만 이완용도 민병석도 일인들도 모두 조 상궁을 신임하는 눈치였다. 조 상궁을 내게 계속 붙여두는 것만 해도 그들의 신임을 얻은 것이 틀림없었다. 그럼에도 단 한 차례도 그자들을 비호하거나 그자들을 위해 변명하는 것을 보지 못했다. 조 상궁은 정말 알 수 없는 사람이었다. 하긴 조 상궁의 궁 생활은 벌써 50년을 향해 가고 있었다. 그간 궁에서 일어난 온갖 풍상을 겪어낸 그녀였다. 그러니 속내를 숨기는 일엔 이골이 났을 법도 했다. 어찌 보면 나를 위하는 것 같기도 하고, 어찌 보면 나를 설득하여 일인의 속셈대로 움직이려고 하는 것 같기도 했다. 덕수궁의 일을 미주알고주알 내게 일러바치는 것도 그렇다. 아바님의 일이니 알려주는 것이 고마운 일이지만, 결국 조 상궁의 말을 듣고 마음이 약해져 동경행을 결정하지 않았는가? 그래도 상궁 중에서 개인적으론 항상 아바님과 내게 폐하라고 불러주는 유일한 사람이었다. 그래서 한편으론 고마움을 느끼는 것도 사실이었다.

"폐하께서 가시는데, 소인이 모시는 것은 당연하옵니다. 염려하지 마옵소서."

"고맙네. 내 자네가 있어 늘 위안을 얻네."

"황송하옵니다."

조 상궁이 뒷걸음질로 사라지고 나자, 다시 불안감이 밀려왔다. 이번에 동경으로 가면 다시는 돌아오지 못할 것 같은 생각이 들었다. 그 아이처럼, 밤톨같이 깎은 머리로 제복에 갇힌 채 동경으로 끌려간 열한 살의 그 아이처럼 나도 돌아오지 못할까봐 두려웠다.

유길은 아바님께서 마흔여덟에 엄 귀비에게서 얻은 아이였다. 그 아이가 태어났을 때 부황께서는 아관에서 환궁하신 지 8개월쯤 되었을 때였다. 황제의 위에 올라 바로 얻은 아들이라 무척이나 기뻐하셨다. 그리고 내가 황제의 위를 이었을 때, 황태자로 지목됐다. 이후로 이름을 은이라 했지만, 나는 여전히 아명인 유길로 불렀다. 비록 이복 아우지만 스물세 살이나 터울이 지는 터라 아들 같은 생각이 들어서 아명을 부르는 것이 좋았다. 부황께서도 그런 내 마음을 좋게 여겨 황태자로 삼을 것을 권하셨다. 그러나 나의 황태자가 된 것이 그 아이에겐 불행이었다. 이토는 열한 살의 어린아이를 유학을 핑계 삼아 볼모로 데려갔다. 데려가면서 이토는 적어도 1년에 한 번씩은 데려올 것이라고 했다. 하지만 이토는 약속을 지키지 않았다. 그리고 이토는 불귀의 객이 되었다. 조선 청년의 총탄에 맞아 명을 달리했다. 이토의 후임으로 소네 아라스케가 오고, 소네의 후임으로 데라우치 마사타케가 왔을 때, 엄비는 왜 유길을 데려오지 않는지 따졌다. 이토가 해마다 데려오기로 했는데, 그 약속이 왜 지켜지지 않는지 추궁한 것이다. 데라우치는 이런저런 핑계를 대며 학업을 마치면 꼭 데려오겠다고 약속했다. 그러나 엄비는 끝내 유길을 보지 못하고 죽었다.

엄비의 장례식에 그 아이가 왔다. 여전히 작은 키에 통통한 몸매였다. 열다섯 살의 소년으로 자라 있었지만, 내겐 그저 어린아이였다. 엄비의 주검 앞에 고개를 숙이고 말없이 눈물만 뚝뚝 흘리던 그 아이에게 나는 공민왕 이야기를 해주며 당부했다.

유길아, 너는 살아남아야 한다. 살아남아 공민왕처럼 나라를 되찾고 백성을 되찾아야 한다. 몽고족처럼 일인들도 때가 되면 망할 것이다. 그때를 기다리며 눈물을 참고 울분을 참고 목숨을 지켜야 한다. 그리고 너는 꼭 힘 있는 황제가 되거라. 나처럼 망국의 황제가 되지 말고 떠오르는 태양 같은 황제가 되거라. 그때를 위해 적들을 섬기고, 적들을 배우고, 적들을 안심시켜라. 그

리고 비수를 품어라. 그것이 황제인 내가 황태자인 너에게 내리
는 마지막 황명이다.

하지만 그 말들은 모두 나의 말이 아니었다. 부황께서 내게 내
린 명령이었다. 하지만 나는 그 명령을 이행하지 못하고 유길에
게 물려주었다. 유길도 사정이 여의치 않으면 그 아들에게 황명
을 물려줄 것이다.

나는 부황의 황명을 유길에게 넘겨주면서도 자신이 없었다.
일인들이 몽고족처럼 쪼그라져 다시 저 섬나라의 구석진 곳으로
쫓겨 가리란 확신이 없었다. 그래서 서둘러 유길에게 황명을 전
한 것인지도 몰랐다. 그만 짐을 내려놓고 싶을 뿐이었다. 비겁하
게도 그 어린, 솜털 날리는 아이에게 내 무겁고 암울한 짐을 안
겨버렸던 것이다.

하지만 유길은 오히려 담대했다. 그 작고 여린 입으로 알겠다
고 대답했다. 더 이상 눈물 흘리지 않겠다고 했다. 나라를 찾고,
백성을 찾고, 공민왕이 될 때까지 결코 울지 않겠다고 다짐했다.
나는 그런 유길의 손을 꼭 붙들고 몸을 떨며 소리 죽여 울었다.

이제 유길도 스물한 살의 청년이 되어 있을 터였다. 벌써 그
아이를 못 본 지도 6년이나 되었다. 동경으로 가면 그나마 다시
그 아이를 볼 수 있다는 사실이 위안이 되었다. 비록 내가 스스
로 죽지도 못하는 신세의 왕으로 살고 있더라도 이국땅에서 갓

은 설움과 멸시를 받으며 지낸 유길의 외로움과 슬픔, 그리고 절
망에 비할 바는 아니었다. 그래, 그 아이도 꿋꿋이 살며 자신을
지켜내고 있는데, 내가 나약해져서는 안 되지. 나라를 잃은 자에
겐 나약한 생각도 사치다. 망국의 한을 씹고 또 씹어 와신상담의
세월을 보내도 아까울 판에 나약한 감상에 빠져 대사를 망쳐서
야 되겠는가. 안 된다, 안 된다!

아부

　찬시장 윤덕영에게 동경 방문 의사를 피력하자, 놈은 엷은 웃
음을 물고 말했다.
　"태왕께서 가시는 것이 사리에 맞는 일이나, 옥체 연로하시고
끝내 마다하시니 전하께서 가시는 것도 나쁘지는 않겠습니다. 하
지만 소신은 여전히 태왕께서 가셔야 한다는 신념엔 변화가 없
습니다."
　간악한 놈, 간악하고도 간교한 놈! 결국 나를 데리고 가는 것
이 목표였거늘, 어찌 저따위 말들을 쏟아낸단 말인가.
　"찬시장이 그렇게 이해해주니, 고맙구려."
　"소신이 전하를 이해하지 못하면 누가 이해해주겠나이까? 태

왕 전하의 답답한 성정이야 익히 아는 바 아니옵니까?"

몸이 떨리고 입술이 말랐다. 놈의 간교한 혓바닥을 잘라버리고 싶은 마음에 손끝까지 열이 뻗쳤다. 하지만 나오는 것은 한숨뿐이었다. 놈 앞에만 서면 나약해지는 스스로에 대한 자책뿐이었다. 정말 내게는 저자의 모가지를 비틀어버릴 용맹이 없단 말인가?

"어쨌든 소신은 전하의 동경 방문을 위해 밤낮으로 몸을 아끼지 않겠나이다. 혹 염려되는 바 있으시면 말씀하소서."

"생각해보고, 따로 전하겠소."

"그렇다면 소신은 이만 물러가옵니다."

며칠 뒤에 이왕직 차관 고쿠부가 찾아왔다. 고쿠부는 궁내부 시절부터 창덕궁 업무를 보던 자였다. 그러다 최근에 차관이 되어 내게 인사를 온 적이 있었다.

고쿠부는 깡마르고 핏기 없는 얼굴이었지만, 사무관 곤도의 말에 의하면 매우 강직하고 과감한 성격의 소유자라 했다.

고쿠부는 일인들 중에 우리말을 가장 유창하게 하는 자였다. 그래서 이토는 내게 올 땐 늘 고쿠부를 데리고 오곤 했다. 그는 예의 짧고 딱딱 끊어지는 어투로 말했다.

"전하, 용단을 내려주신 점, 다시 한 번 고개 숙여, 감사드립니다. 전하께서, 창덕궁을 출발할, 날짜가 잡혔습니다."

"그래요? 언제입니까?"

“양력으로, 6월 8일입니다. 앞으로 7일, 남았습니다.”

“알겠소.”

“모든 것에, 차질이 없도록, 만반의 준비를, 하겠습니다.”

“고맙소.”

고쿠부가 나간 뒤에 나는 곤도 사무관을 불렀다. 곤도는 일본인 사무관으로 내가 제위에 있을 때부터 궁내부에 근무하던 자였다. 궁내부가 이왕직으로 축소되었을 때도 역시 궁에 남아 있었다. 그자는 비록 나를 감시하기 위해 궁에 와 있었으나, 묻는 말에 대답을 잘하고 공손한 인물이었다. 우리말도 제법 하고, 우스갯소리도 잘하는 편이라 알게 모르게 사람을 편안하게 해주는 구석도 있었다. 그래서 곤도를 불러 궁금한 내용들을 물어볼 작정이었다.

“이번 원행에 자네도 가는가?”

“영광스럽게도, 그렇게 되길, 바라고 있습니다.”

“그러면 자네가 내 옆에서 안내자 역할을 해주면 어떤가? 내 고쿠부 차관에게 그런 부탁을 좀 해볼 참이네만.”

“영광입니다, 전하. 제가 모시게 되면, 뼈가 닳도록 열심히, 섬기겠습니다.”

“하하, 그렇게까지 뼈가 닳도록 할 필요는 없는 일이네. 다만 가는 길이 멀다 하니, 내 말동무나 좀 해주면 되는 일이네.”

"영광입니다, 전하."

내가 곤도를 옆에 두고 싶어 하는 것은 그의 밝고 경쾌하고 시원스런 태도 때문이었다. 곤도는 뭘 물어도 숨기거나 망설이는 일 없이 대답했고, 어떤 문제든 시원스럽게 말하는 버릇이 있었다. 또 가식인지는 몰라도 창덕궁에서 일하는 것을 진심으로 영광스럽게 생각하는 것 같았다. 그는 늘 버릇처럼 "영광입니다, 전하."를 남발했지만, 이상하게도 나는 그 소리가 듣기 싫지 않았다. 오히려 기분이 좋아지는 소리였다.

창덕궁에선 어느 누구도 그렇게 경쾌한 말투로 내게 아부를 떠는 자는 없었다. 더구나 일인이 아닌가. 일인들은 늘 나를 감시하는 눈초리뿐이었다. 어디 일인뿐이겠는가? 창덕궁에 있는 모든 자들이 나를 감시하고 있었다. 그 때문에 나는 사과조차 마음대로 잘라 먹을 수 없었다. 언젠가 무심코 조 상궁에게 직접 사과를 깎아보고 싶다고 했더니, 조 상궁이 정색을 하며 펄쩍 뛰었다. 폐하, 어찌 폐하께서 손수 칼을 들고 사과를 깎을 수 있겠습니까? 그런 마음일랑 절대 품지 마소서. 혹 폐하의 어수에 상처라도 나면 어찌 되겠습니까? 그런데 나는 그때 정말 직접 사과를 깎아보고 싶었을 뿐 다른 마음은 없었다.

하루는 곤도에게 같은 부탁을 했더니, 곤도가 빙긋이 웃으며 이렇게 말했다.

"전하께서, 사과를 깎는 모습을, 직접 제게 보여주신다면, 이 곤도 시로스케, 일생의 영광이겠습니다. 혹 사과를 깎다, 전하의 성체에, 선혈이 묻어, 제 목이 달아나도, 영광이겠습니다."

곤도의 그 말을 듣고서야 나는 과도조차도 가져서는 안 되는 망국의 왕임을 새삼 깨달았다. 실상 내게 과도를 주지 않는 것은 내 손이 다칠까 염려스럽기 때문이 아니었다. 그 과도로 내가 자해라도 할까 하는 우려 탓이었다. 조 상궁도 곤도도 차마 그 말을 하지 않았을 뿐, 그들의 표정과 몸짓에서 그런 불안감을 느낄 수 있었다.

어쨌든 곤도는 어떤 말에서든 그렇게 '영광'이라는 단어를 빠트리지 않았다. 나는 그 영광스럽다는 표현이 진심이 아닌 줄 알면서도 그냥 기분이 좋았다.

곤도를 제외하곤 어느 누구도 내 앞에서 웃지 않았다. 모두 무겁고 음울했다. 의심스런 눈빛뿐이었다. 혹 내가 무슨 수작이라도 벌일지 모른다는 우려스런 얼굴들이었다. 그래서 말을 걸고 싶지 않았다. 하지만 곤도는 말을 걸고 싶도록 만드는 구석이 있었다.

"곤도, 자네는 내가 이번에 동경에 가는 것에 대해 일본 백성이 어떻게 생각할 것이라 보는가?"

"양국의 화친과 황실의 평화를 위해 너무나 다행스럽고 영광스런 일이라고 생각할 것입니다."

"망국의 왕을 보는 게 영광스러울 것은 무엇인가?"

"그렇지 않습니다. 곤도를 포함한 우리 본국의 신민들은 찬란한 수백 년 문화를 가진 조선 왕실을 대표하는 전하께서 본국 땅을 밟으시는 것 자체만으로도 영광스럽게 생각할 것이 분명합니다."

"그런가?"

"반드시 그렇습니다."

나는 쓴웃음을 짓는 것으로 말을 멈추고 말았다. 제아무리 허물없이 대한다 한들 곤도도 어쩔 수 없는 왜인인 것을. 왜 그런 어리석은 질문을 했는지 스스로 한심스러울 뿐이었다. 어쩌면 나는 곤도를 불러 그 영광스럽다는 소리를 한 번이라도 더 듣고 싶었는지도 모른다. 그것은 비통하고 비참한 심정을 어떻게든 달래보려던 발버둥에 다름 아니었다. 그렇게 해서라도 동경 방문의 굴욕감에서 잠시나마 벗어나고 싶었다.

이틀 뒤에 고쿠부 차관을 불러 곤도 사무관이 본국의 안내자가 되어줬으면 한다는 뜻을 전했다. 하지만 안타깝게도 그날 아침에 곤도는 이미 일본으로 떠났다고 했다.

"하루만 일찍 말씀해주셨으면 곤도 군을 보내지 않았을 터인데, 참으로 안타까운 일입니다. 하지만 본국에 당도하면 곤도 군에게 안내를 맡기겠습니다."

"고맙소."

악몽

종묘에 가서 동경 방문을 고하는 제례를 올리고, 덕수궁 아바님도 찾아뵙고 다음 날 떠난다고 말씀드렸다. 부황께서는 별 말씀이 없었다. 몸조심하라는 한 마디뿐이었다. 부황의 용안이 수척했다. 돌아서는 마음이 너무 무거웠다. 무거운 발걸음으로 돌아오니, 황후가 먼저 와서 기다리고 있었다.

황후는 부쩍 내 눈치를 많이 보았다. 백부 윤덕영이 한 짓이 모두 자신의 죄처럼 여겨지는 모양이었다.

경술년 이후로 황후는 늘 내게 미안한 마음을 내비쳤다. 어쩌면 그날 옥새를 치마 속에 넣은 채 끌어안고 있었던 것도 그런 마음의 발로였는지 모른다. 하지만 윤덕영이 황후의 치마 밑에까지 간악한 손을 넣어 옥새를 앗아갔다. 옥새를 뺏긴 황후는 소리 내어 울었다. 그 울음은 밤을 새워 궁궐 깊숙이 퍼져갔다.

그때 황후의 나이는 불과 열일곱이었다. 아직 애티가 가시지 않은 때였다. 키가 작고 왜소한 터라 그저 작은 소녀로만 보였다.

생각해보면 스무 살이나 많은 나를 남편으로 생각하기도 쉽지는 않았을 것이다. 태자비에 간택되어 올 땐 불과 열세 살이었다. 내 눈엔 아직 모친의 치마폭에 들어가 놀고 있어야 할 아이로밖에 비치지 않았다. 그래서 처음부터 안쓰러운 생각이 들었다. 좀 더 젊고 자유롭고 활기찬 남자와 결혼했더라면 좋았을 터인데. 하필 나같이 이빨 빠진 약골에 씨앗도 보지 못하는 무능력한 남자에게 시집을 올 게 뭐람. 황태자라고는 하나 이미 국운이 기울어 썩은 고목에 자라는 힘없는 가지 하나에도 미치지 못하는 신세 아닌가. 그런 나에게 팔려오듯 와서는 부끄러워 눈도 제대로 들지 못하는 것을 보면서 측은하다는 생각을 했다.

"폐하, 곤해 보입니다. 잠시 누워서 쉬소서."

"곤하지는 않소. 그저 아바님께서 많이 상심하신 듯해서 마음이 좋지 않을 뿐이오."

"송구하옵니다."

"황후께서 왜 그런 말을 하시오."

"모두 제 집안붙이가 한 일이 아니겠습니까?"

"그것이 어디 황후 집안만의 일이겠소? 윤 자작이 황후의 친정붙이라면 민병석은 내 외가붙이외다. 그들이 일인의 주구가 된 것은 모두 나라가 힘이 없기 때문이고, 나라가 힘이 없는 것은 내가 정치를 제대로 못했기 때문이오. 그러니 모든 게 내 잘못이지요."

"자책하지 마소서."

"자책이 아니오. 사실이 그렇다는 것이오."

따지고 보면 민병석이나 이완용이나 또 윤덕영이나 모두 반일 세력이었다. 그러나 일인의 힘이 커지고, 왕실이 일인의 손아귀에서 놀아나자, 그들이 모두 친일분자가 되었다. 충신이든 역적이든 따지고 보면 생존이 목적이었다. 그래, 목숨 앞에서 의연한 사람이 몇이나 되겠어. 그자들도 모두 살아남기 위해 발버둥을 치는 것일 뿐이지. 약한 것이 죄다. 세상에서 가장 큰 죄는 나약함이다. 나라 잃은 군주가 충성스런 신하를 원하는 것 자체가 어리석음이다. 그자들은 단지 충성을 바칠 주군을 잃은 것이다. 그래서 새로운 주군을 찾은 것이다. 모든 것이 나의 잘못이다. 그자들의 잘못이 아니다.

하지만 속이 쓰라렸다. 절망과 원망, 그리고 분노가 뒤엉켰다. 정작 나라를 빼앗은 도적놈들보다 도적놈과 한편이 된 신하들이 더 미웠다. 더구나 외가와 처가붙이들이, 명색이 친인척이란 자들이 더 앞장서서 내 옷을 벗기고, 사지를 묶고, 눈과 귀를 막고, 목을 비틀었다. 이것이 과연 인지상정이란 말인가!

"폐하께서 그리 말씀하시면 저는 고개를 들 수 없습니다."

"정작 고개를 들지 못할 사람은 나요. 황후는 서방을 잘못 만난 것이오, 흐흐."

　황후는 더 이상 말을 하지 않았다. 자책하는 내 모습을 늘 싫어했다. 차라리 자신을 원망하고, 처가와 외가를 싸잡아 욕하길 바랐다. 하지만 나는 그들을 욕할 힘도 없었다. 아니 용기가 없었다. 거북 등껍질보다 두꺼운 얼굴에서 생존의 비린내를 짙게 풍기며 나를 몰아치는 그들을 보지 않고 살 순 없을까 하는 생각뿐이었다.

　나는 그자들과 싸우는 것이 무서웠다. 언제부턴가 나는 싸울 줄 모르는, 아니 싸움을 두려워하는 사람이 되어 있었다. 나는 태어나면서부터 그런 아이였던가? 아닐 것이다. 아니야, 아니다. 아마 분노의 아우성과 피비린내가 궁을 가득 채웠던 그때부터였을 것이다.

　그때 나는 아홉 살이었다. 창과 칼을 앞세우고 동궁으로 밀어닥친 군인들이 핏발 선 눈으로 나를 노려보며 위협했다. 왕비의 아들이 여기 있다! 민씨의 씨앗이다. 죽여 후환을 없애야 한다. 사방에서 총성이 들렸다. 칼날이 부딪치는 소리가 끊이지 않았다. 나는 귀를 막고 두 살 위의 빈궁 뒤에 숨어서 머리를 처박고 있었다. 나를 앞에 두고 죽여야 한다는 쪽과 살려둬야 한다는 쪽이 입씨름을 했다. 그들의 창끝에서 비릿한 피 냄새가 진동했다. 나를 지켜주던 환관 하나가 피를 쏟아내며 낮은 신음을 토해내고 있었다. 그 신음은 점점 잦아들었다. 힘없이 새어 나오던 신음이 그치고, 쏟아지던 피도 더 이상 흐르지 않았다. 그리고 아무 기억도 나지 않았다.

정신이 들었을 땐, 할아바님이 무서운 눈으로 나를 노려보고 있었다. 눈에서 살기를 느꼈다. 그 눈이 날아와 내 심장에 박혔다. 다시 뽑아내지 못할 정도로 깊이깊이 박혔다. 그러다 정신줄을 놓았다.

수일이 지났을 때야 비로소 겨우 정신을 가다듬을 수 있었다. 옆에 앉은 상궁 말이 그동안 몸이 불덩이 같았다 했다. 매일 밤 헛소리를 하며 허우적거렸다 했다. 어마님을 불러댔다고 했다. 유모를 찾았다고 했다. 그러면서도 눈을 뜨지 못했다고 했다.

거의 열흘 만에 겨우 기운을 차리고 일어서자, 궁인들이 내게 상복을 입혔다. 어마님의 장례식이라 했다. 시신은 찾지 못했다고 했다. 빈 관으로 장례식부터 치른다고 했다. 나는 또 혼절하고 말았다. 아득한 나락으로 떨어졌다. 그곳은 깊고 푸른 물속이었다. 물고기들이 빠른 몸짓으로 내 주변을 빙빙 돌고 있었다. 나는 완전히 벗은 몸이었다. 몸을 자세히 살펴보니, 팔도 다리도 잘려나가고 없었다. 그저 다른 물고기처럼 몸을 흔들어 움직여야만 했다. 그러나 아무리 움직여도 제자리였다. 그때 거대한 물고기의 아가리가 나를 향해 돌진해왔다. 그리고 내 고샅을 물어뜯었다. 그 물고기를 자세히 보니 할아바님이었다. 할아바님은 날카로운 송곳니를 곤추 세우고 내 몸을 집어삼켰다. 움직이지 않는 몸을 흔들며 달아나다가 비명을 지르고 일어나면 문살과 창살이 모두 살아나와 칼과 창이 되어 나를 찔렀다. 내 몸은 온통 피투성이가 되었다. 고샅에선 여전히 피가 철철 흘렀다. 이젠 후대를 이을 수 없을 것이라며 할아바님이 좋아라 웃었다. 그 웃음소리 때문에 고막이 터져 귀에서 핏줄기가 솟구쳤다.

그런 가위눌림은 수개월 동안 이어졌다. 그러다 어마님이 살아 돌아오셨을 땐, 귀신을 보는 기분이었다. 무서워서 다가갈 수가 없었다. 어마님은 늘 피투성이가 되어 꿈속에 나타났다. 떼로 몰려온 군사들에게 만신창이가 된 채 나에게 도움을 청했다. 그러나 나는 고샅을 쥐고 달아났다. 할아바님이 군대를 이끌고 와서 내 고샅을 잘라버릴 것만 같아서 어마님을 구할 수가 없었다. 그렇게 내 꿈은 늘 악몽이었다.

그때부터 싸움이 무서웠다. 궁궐도 싫었다. 사람이 두려웠다. 조금만 큰 소리를 들어도 깜짝깜짝 놀랐다. 동궁에서 자는 것도 무서웠다. 궁인들의 눈도 싫었고, 내관들의 목소리도 싫었다. 모두 나를 죽일 것만 같았다. 아무도 믿을 수 없었다. 빈궁과 함께 자는 것조차 두려웠다. 자고 있던 빈궁이 갑자기 내 목을 조르는 꿈을 계속 꾸었다. 그 때문에 빈궁 방을 찾지 않았다. 어마님도 아바님도 할아바님도 믿을 수 없었다. 심지어 빈궁도 믿을 수 없었다. 함께 잠을 자도 깊은 잠에 빠질 수 없었다. 늘 주변에서 검은 눈들이 나를 감시하고 있는 것 같았다. 문살들이 벌레처럼 살아서 내 몸을 기어 다녔고, 달빛은 비수가 되어 내 가슴에 날아들곤 하였다. 밤은 늘 그렇게 공포의 연속이었다.

열한 살 때 어느 밤에도 한 무리의 핏빛 눈들이 나를 둘러쌌다. 아바님과 어마님, 그리고 나와 빈궁이 모두 그들의 손에 이끌려 어디론가 가야 했다. 역시 칠흑 같은 밤이었다. 간간이 들리는 총소리와 바람을 타고 날아든 피비린내가 어둠을 짓눌렀다. 이자들도 또 싸움꾼들인가? 이자들도 나를 죽일 것인가? 겁에 질려 그들의 얼굴을 제대로 보지도 못했다.

그들의 눈빛이 싫었다. 아니 두려웠다. 공포 그 자체였다. 그 눈들이 화살촉이 되어 내 눈 속으로 파고들 것만 같았다. 밤마다 그 눈빛들에 시달렸다. 모두 싸움꾼들의 눈이었다. 아홉 살 때 보았던 그런 눈들이었다. 깊고 푸른 물속에서 보았던 할아바님의 눈이었다. 그때부터 사람들의 눈이 무서웠다. 특히 싸움꾼의 눈앞에서 몸부터 떨렸다. 이완용과 윤덕영의 눈이, 이토와 데라우치의 눈이 모두 그랬다. 그 눈들만 보면 나는 스스로 무릎을 꿇었다. 스스로 아래로 눈을 깔았다. 스스로 뒤로 물러섰다.

"용안이 너무 창백합니다. 어서 안으로 드소서."

언제 왔는지 조 상궁이 나를 침실로 안내하고 있었다. 황후는 보이지 않았다.

"모든 잡념을 버리시고 그저 평안히 쉬소서."

조 상궁은 나를 누인 뒤에 뒷걸음질로 나가고 있었다.

"조 상궁."

"네, 폐하."

"내가 이번에 동경을 가면 다시 이곳으로 돌아올 수 있을까?"

"폐하, 어찌 그런 마음을 가지십니까? 이미 일정이 모두 잡히지 않았습니까? 내일 출궁하시면 열아흐레 되는 날에 환궁하도록 되어 있지 않습니까?"

"그렇겠지?"

"아무 염려 마시고 평안히 쉬소서."

어떻게 잠이 들었는지 알 수 없었다. 뒤척이다 엎어지고, 다시 뒤척이다 엎어졌다. 베개를 가랑이 사이에 끼워보기도 하고, 안 아보기도 했다. 베개를 빼서 엎드려보기도 했다. 그러다 부지불식간에 잠이 들었던 모양이다.

깨어났을 땐, 아직 밖이 캄캄하였다. 축시나 되었을까 싶었다. 온몸이 땀에 젖었다. 이불도 축축하였다. 밤새 물속을 걷는 꿈을 꾸었다. 바다였다. 발이 닿지 않는 깊은 바다였다. 바닷속에도 검은 물결이 밀려다니고 있었다. 아무런 형체도 찾을 수 없는 깊고 짙은 바다였다. 그 속을 쉼 없이 걸었다. 발이 닿지 않아 너무 답답했다. 바다 밖으로 목을 내밀 수가 없어 죽을 것만 같았다. 그렇게 끊임없이 바닷속을 헤매다가 마침내 머리를 바다 위로 내밀었을 때 그만 잠이 깼다. 밤새 이불을 뒤집어쓰고 잤던 모양이다. 어릴 땐 자주 그렇게 잠들곤 했었다. 성년이 된 뒤론 사라진 습관이었다. 다시 이불을 뒤집어쓰고 잠들다니. 헛웃음이 쏟아졌다. 그 소리가 밖에 들린 모양이었다.

"아직 기침하실 때가 아니옵니다. 인시도 되지 않았으니, 더 주무셔야 합니다."

잠이 올 것 같지 않았다. 그래도 누워 있어야 했다. 내가 일어나 돌아다니면 상궁이나 사무관들이 싫은 내색을 할 것이 분명했다. 다시 이불을 덮고 눈을 감았다.

아침에 내가 일인들에게 둘러싸여 창덕궁을 나서면 백성은 어떤 눈으로 나를 바라볼 것인가? 폐주의 몰골이 불쌍하여 동정의 눈빛으로 볼까? 아니면 나라를 망해먹은 것에 대한 원망의 눈빛으로 볼까? 동정의 눈빛보다는 차라리 원망의 눈빛이 나으리라. 아니 내게 돌을 던지는 것이 나으리라. 침을 뱉고 욕을 퍼붓고 주먹질을 하는 것이 나으리라. 그 던진 돌에 맞아 내 머리가 깨어져 피가 흐르고, 그 발길질과 주먹에 맞아 갈비뼈가 부러지고 광대뼈가 함몰되는 것이 나으리라. 아니 누가 나의 가슴에 화살을 쏘아주면 더 좋으리라. 그것도 화살촉에 짐독을 짙게 바른 것이 좋으리라. 그렇게 죽으면 얼마나 좋을까? 동경에 가서 일인 수괴 요시히토의 발 앞에 엎드려 충성을 맹세하고 비겁하고 더러운 웃음을 흘리며 목숨을 구걸하고 올 바에야 백성의 원망 어린 칼날에 목이 달아나는 것이 좋지 않을까? 아, 나는 어찌하여 죽을 수도 없단 말인가? 이토록 자결한 민영환이 부러운 날이 올 줄 내 어찌 알았겠는가? 내겐 어찌하여 자결할 자유도 없단 말인가?

2장

외출

　의외로 돈화문 앞은 한산했다. 눈에 보이는 것은 양쪽으로 도열한 왜경(倭警)들뿐이었다. 절로 안도의 한숨이 쏟아졌다. 백성들의 접근을 막은 왜경들에게 고마운 생각마저 들었다. 쥐구멍에라도 숨고 싶은 마음으로 돈화문을 나섰는데, 너무나 다행스런 일이었다.
　“어서 가자.”
　운전수를 재촉했다. 하지만 남대문역에 이르렀을 때, 눈앞엔 수천 명의 환송객이 장사진을 이루고 있었다. 길 양쪽으로 도열한 왜경과 헌병들 뒤쪽으로 사람들이 손을 흔들거나 고개를 숙여 인사를 하였다. 나는 차마 손을 흔들어줄 수 없었다. 창문을 열 수도 없었다.

내가 차에서 내리자, 도열한 왜경들 뒤에 서 있던 사람들이 일제히 엎드렸다. 아무도 큰 소리를 내지는 않았다. 개중에는 어깨를 들썩이며 우는 이들이 눈에 띄었다. 가슴이 울컥거렸다. 눈물이 쏟아질 것 같았다. 누군가 돌이라도 던졌으면 했다. 하지만 아무도 일어서지 않았다. 그저 엎드린 채 소리 없이 울고 있었다. 고개를 돌렸다. 앞만 보고 걸었다. 부끄러웠다. 부끄러워 그들을 볼 수가 없었다. 걸음을 재촉했다. 빨리 열차에 타고 싶었다. 의자에 몸을 파묻고 숨어버리고 싶었다.

그때 헌병대 군악대에서 빠른 장단의 곡을 연주했다. 무슨 곡인지 알 수 없었다. 그저 귓속에서 웅웅거릴 뿐이었다. 내 귀에 들리는 것은 소리 없이 흐느끼는 백성의 울음뿐이었다.

이른 시간인데도 아침 햇살이 뜨거웠다. 너무나 눈부셨다. 눈을 뜰 수가 없었다. 고개를 들 수도 없었다. 차라리 먹구름이라도 몰려왔으면 했다. 소나기가 쏟아졌으면 했다. 햇살이 그토록 날카롭게 여겨진 적은 없었다. 차라리 어둠 속이 좋았다. 차라리 피 묻은 창날과 피비린내 나는 칼날이 좋았다. 칠흑 같은 어둠에 갇혀 떨고 있는 것이 좋았다. 공포에 질려 소리도 지르지 못하고 혼절했을 때가 좋았다.

햇살이 이토록 무섭게 느껴질 줄은 몰랐다. 잘 차려입은 양장을 뚫고 쏟아지는 햇살이 내 몸을 벌거숭이로 만들었다. 엎드린 백성들은 벌거벗은 내 몸을 훑으며 우우 울었다. 동정의 울음이었다. 그렇게 나라 잃은 백성은 소리도 내지 못하고 가슴 터지는 울음을 참고 흐느꼈다. 빼앗긴 땅에 살아야 하는 한을 소리 없는 울음으로 대체하고 있었다. 울음소리는 점점 커져 내 귓속을 가득 메웠다. 소리 없는 대지가 일어나 내 눈을 메워왔다. 소리 없는 말발굽이 되어 내 몸을 짓밟아왔다. 내 몸을 짓밟는 대신에 그들 자신의 가슴을 스스로 짓밟으며 달려왔다. 나는 그 울음을 피해 가까스로 열차에 올랐고, 기계적으로 잠시 손을 흔들고 돌아섰다.

열차 안에서는 민병석 장관과 고쿠부 차관이 양옆으로 서서 나를 맞이하였고, 그 뒤로 제복을 입은 낯선 얼굴들이 몇 보였다. 민병석은 만면에 웃음이 가득하였다. 은장도라도 있으면 그 입을 찢어놓고 싶었다. 그 눈가에 퍼진 웃음 주름을 도려내고 싶었다.

내가 특실 쪽으로 걸음을 옮기자, 하세가와가 바짝 따라붙었다.

"전하, 오늘은 참 날씨가 좋습니다."

하세가와는 전에 없이 간지러운 웃음을 흘렸다. 하세가와의 뒤를 따르던 고쿠부 차관도 한마디 거들었다.

"축복스런 날 아니겠습니까?"

나는 그저 고개만 끄덕였다. 그러자 민병석이 끼어들었다.

"전하, 이번 일을 성사시키기 위해 총독께서 애를 많이 쓰셨습니다."

하세가와 뒤쪽에 있던 윤덕영이 과장된 웃음까지 섞어가며 한술 더 떴다.

"하하하, 전하 이럴 때는 뭐라고 한 말씀 해주셔야 하는 겁니다."

나는 마지못해 한마디 했다.

"모두들 고생하였소. 잠을 좀 설쳤더니, 곤하구려."

그 말에 하세가와가 너스레를 떨었다.

"천황 폐하를 알현하는 영광스런 여행이니, 어찌 잠을 설치지 않을 수 있었겠습니까? 저도 밤새 뒤척이다가 새벽에야 겨우 잠을 청했습니다. 그런데도 이토록 정신이 맑은 것은 천황 폐하를 알현할 흥분 때문 아니겠습니까?"

윤덕영이 맞장구를 쳤다.

"저만 그런 줄 알았더니, 총독께서도 그렇소이까?"

윤덕영의 말이 끝나자, 윤택영의 말소리도 들렸다. 그들 형제는 유달리 들뜬 목소리였다. 하지만 내겐 그들의 말이 들리지 않왔다. 그저 앞만 보고 걸었다. 그러자 특실이 나왔고, 응접실이 마련되어 있었다. 가운데 둥근 탁자가 놓여 있고, 다섯 명이 둘러앉을 수 있는 의자가 마련되어 있었다.

"전하를 모시기 위해 이번에 저희가 특별히 제작한 응접 특실입니다. 마음에 드십니까?"

"고맙소."

"이쪽이 전하의 자리입니다. 바깥이 아주 잘 보이는 곳입니다. 앉으시지요."

내가 자리에 앉자, 총독과 찬시장 윤덕영이 좌우로 앉았다. 윤택영과 민병석도 동석했다. 총독 뒤에 서 있던 고쿠부가 '착석'이라는 말을 하자, 수행원들이 모두 자리에 앉았다.

곧 하세가와가 고쿠부에게 출발하라는 신호를 보냈다.

몇 번 덜컹거리는 소리가 나더니, 기적을 길게 울리고 열차가 움직이기 시작했다. 순간, 잠시 현기증이 일었다. 언제 와서 뒤에 서 있었는지 조 상궁이 걱정스런 말투로 물었다.

"전하, 불편한 데라도 있으십니까?"

"괜찮네."

"안색이 좋지 않습니다."

"잠을 설쳐 곤할 뿐이네."

그 말에 조 상궁이 뒤에 섰던 백 상궁에게 작은 소리로 뭔가

지시를 내렸다.

열차가 속도를 내기 시작했다. 창밖으로 바깥 풍경들이 빠르게 스쳐갔다. 멀리 산들이 어미 잃은 망아지처럼 달아나고, 밭과 논이 갈 곳 잃은 물인 양 흘렀다. 가끔 나타난 낮은 초가지붕은 겁먹은 들개같이 웅크린 채 밀려났다.

"달리는 열차에서 보니, 조선의 산하가 새삼 아름답습니다."

민병석이 기다렸다는 듯 하세가와의 말을 받았다.

"그래도 본국의 산하에 비하겠습니까? 지난 을사년과 기유년, 임자년 세 차례에 걸쳐 제가 본국을 다녀오지 않았습니까? 그때 보았던 일본의 산하는 정말 비경이었습니다. 특히 후지 산의 위용은 정말 대단했습니다."

"후지 산에는 한여름에도 만년설이 녹지 않는다고 들었습니다."

"후지 산은 대일본 제국을 상징하는 영산이지요."

"아, 한시라도 빨리 보고 싶습니다."

윤씨 형제와 민병석은 그렇게 하세가와의 비위를 맞추느라 여념 없었다. 나는 화산의 열기가 가시지 않았다는 후지 산이 갑자기 폭발이라도 하여 왜국이 온통 잿더미가 되는 상상을 했다. 하지만 부질없는 상상이란 생각이 들자, 피로감만 더해왔다.

목덜미가 무겁고, 눈이 계속 감겼다. 졸음이 밀려왔다. 하지만 잘 수는 없는 노릇이었다. 애써 감기는 눈을 깜박거리며 잠을 쫓았다. 하품을 참느라 눈물이 삐져나왔다. 총독을 힐끔거리며 조금씩 하품을 쏟아냈다. 옆에 있던 조 상궁이 연신 내 눈 주변을 손수건으로 닦아냈다. 총독과 대신들은 내 하품 따윈 신경도 쓰지 않았다. 쉬고 싶다는 말이 목구멍까지 차올랐다. 하지만 차도 한 잔 마시지 않고 일어설 수는 없었다.

마침 시녀들이 커피를 가지고 왔다. 향이 진하고 구수했다. 커피 때문에 이빨이 다 빠지고 죽을 고비까지 넘겼는데도 커피를 포기하지 못했다. 전의가 위장에 나쁘다고 마시지 않는 것이 좋겠다고 했지만 받아들일 수 없었다. 커피를 처음 배웠을 땐 설탕 맛으로 마셨다. 하지만 먹을수록 쓴맛과 향기에 취했다. 하루에 세 잔 이상 마시지 않으면 입이 궁금해서 견딜 수 없게 되었다. 때론 열 잔도 넘게 마셨다. 늦은 시간에 마시면 잠이 제대로 오지 않았다. 그래도 아침이면 어김없이 커피를 찾았다. 창덕궁을 나서기 전에도 이미 한 잔 마신 터였다.

"향이 참 좋습니다."

커피 냄새를 맡자, 갑자기 기분이 좋아졌다. 졸음도 달아났다. 엎드린 백성들의 우울한 울음소리도 더 이상 들리지 않았다.

"프랑스 제품입니다."

하세가와는 잔을 들며 코를 대고 향기를 음미하는 표정을 지었다. 윤씨 형제와 민병석도 잔나비처럼 똑같이 흉내 냈다.

"향이 정말 은은하고 깊습니다. 저는 독일에서 수입된 것을 마시고 있는데, 돌아가면 프랑스산으로 바꿔볼까 합니다."

윤덕영의 말이었다. 커피 맛을 제법 안다는 표정을 지었다. 민병석은 그저 고개를 끄덕일 뿐 별 말은 없었다. 커피를 즐기지 않는 눈치였다. 윤택영은 한 모금 머금더니, 살짝 인상을 찡그리며 여러 차례 설탕을 넣었다.

쓴맛이 깊고 짙었다. 하지만 목구멍을 타고 넘어갈 땐 단맛으로 변했다. 언제부턴가 쓴 커피만 마셨다. 쓰면 쓸수록 달게 느껴졌다.

"전하께서는 유분도 당분도 넣지 않습니까?"

윤택영이 설탕을 녹이며 물었다.

"나는 순수한 커피 맛이 좋습니다. 이것저것 섞어 마시면 진미를 알 수 없습니다. "

하세가와가 내 말에 토를 달았다.

"하지만 저는 쓴맛은 견딜 수 없어 이렇게 설탕만 잔뜩 넣습니다. 사람도 설탕처럼 잘 녹아드는 맛이 있어야 쓸데가 있지 않겠습니까?"

윤택영이 연신 고개를 끄덕이며 만면에 웃음을 흘렸다. 명색이 황제의 장인인 국구란 자가 일인 총독 앞에서 기생 같은 웃

음을 흘리는 꼴을 볼 수가 없었다. 나는 커피를 단숨에 다 마셔
버렸다. 그랬더니 갑자기 용기가 생겼다.

"커피도 다 마셨으니, 아무래도 나는 좀 쉬어야겠소."

내가 뒷목을 주무르며 일어서자, 조 상궁과 김 상궁이 양쪽에
서 나를 부축했다.

총독과 대신들도 일어섰다.

"아, 일어나지 마십시오. 말씀들 더 나누시지요. 나는 새벽잠
을 너무 설쳤나 봅니다."

하세가와는 굳은 표정으로 고쿠부에게 말했다.

"전하를 침실로 모시도록 하라!"

침실 칸으로 향하자, 부무관장 이병무가 한 발짝 뒤에 쫓아왔
다.

"전하, 신이 모시겠습니다."

놈은 온몸에 살생의 비린내를 풍기는 자였다. 정미년에 부황
폐하를 협박하여 내게 황위를 넘기게 한 장본인이기도 했다. 놈
은 부황 앞에서 자기 목에 칼을 대고 소리를 쳤다 했다. 폐하는
아직도 어떤 세상인지 모르겠습니까? 이미 폐하는 이름뿐인 허
수아비 황제에 불과하다는 것을 모르십니까? 폐하께서 황위를
고집하면 황실이 모두 비명횡사하게 된다는 사실을 모르십니까?
을미년의 일을 잊었습니까? 엄비와 황태자와 태자비가 모두 일

본인의 칼날에 난도질되어 불태워 없어지길 바라십니까? 이제 그만 황위에서 내려오십시오. 그러면서 놈은 자신의 목에 상처를 내서 핏줄기를 보이며 부황의 결단을 촉구했다고 한다.

부황께서 황위를 내게 넘기자, 놈은 나를 앞에 두고 공치사를 늘어놓았다. 제가 목숨을 걸고 태황 폐하께 진언하여 폐하를 이 자리에 모신 겁니다. 소신은 새로운 시대가 필요하다고 생각했습니다. 새로운 시대엔 새로운 황제가 다스려야 합니다. 늙고 고집스런 황제가 아닌 젊고 유능하고 정치를 아는 황제가 필요합니다. 그래서 우리도 일본처럼 유신을 단행하여 세계의 변화된 흐름에 동참해야 합니다. 그 과정에서 굴욕스런 일이 있다면 그 굴욕을 이겨내고 버려야 할 것이 있다면 버려야 할 것입니다. 소신은 무장으로서 목숨을 걸고 그 일을 하고야 말 것입니다. 폐하께서는 명령만 내리십시오. 소신이 죽음을 무릅쓰고 새날과 새 역사를 위해 싸우겠습니다. 필요하다면 이 자리에서 자결을 통해 소신의 결심을 보여드릴 수 있습니다.

되도록 놈과 거리를 두며 걷고 싶었다. 놈의 허리에서 덜렁거리는 칼을 의식하지 않을 수 없었다. 처렁처렁 놈의 칼에서 쇳소리가 날 때마다 내겐 피비린내가 느껴졌다. 그 때문에 오히려 더 느리고 조심스럽게 걷고 있었다. 한숨이 쏟아졌다. 아니 두려움이 쏟아졌다. 커피 덕에 한 번 부렸던 용기도 한숨과 함께 날아가버렸다.

　침실 앞에는 왜경 복장을 한 자가 둘 서 있었다. 누구냐고 물었더니 이병무가 대답했다.

　"폐하, 제가 일전에 소개했던 하시모토 히데히라 서장입니다."

　그때서야 두어 번 본 적이 있는 얼굴임을 알았다. 창덕궁 경찰 서장을 맡고 있는 자였다. 생글거리며 웃음이 많은 자였다. 그래도 눈빛만은 날카로웠다. 웃음 뒤에 늘 칼날을 숨기고 있는 기분 나쁜 인상이었다.

　"전하를 경호하게 되어 영광으로 생각합니다."

　"잘 부탁하네."

　다른 자는 모리 형사라고 소개했다. 피부에 전혀 주름이 없고, 핏기도 없는 얼굴이었다. 웃음이라고 찾아볼 수 없는 차가운 인상이었다. 그자의 얼굴을 보자 섬뜩한 생각이 들었다. 그자의 얼굴에서 얼핏 죽은 이토를 발견했다. 시신이 된 이토의 얼굴이 꼭 이 모리라는 자와 같지 않을까 싶었다. 놈도 이토처럼 가난한 평민의 자식임이 분명했다. 산전수전 다 겪고, 목적을 위해서는 수단과 방법을 가리지 않는 그런 유의 혈통이 틀림없었다. 그는 아무리 노력해도 얻을 수 없는 잡초와 같이 끈질긴 생명력을 지닌 자가 확실했다. 나는 갑자기 놈에게 그 점을 확인하고 싶었다.

　"모리 로쿠지라고 했나?"

"그렇습니다, 전하."

"자네는 이토 백작을 본 적이 있는가?"

"안타깝게도 직접 뵌 적은 없습니다."

"자넨 이토 백작을 닮았어."

"그렇습니까? 정말 영광스런 일입니다."

"자네도 평민 출신인가?"

"그렇습니다."

역시 내 짐작이 맞았다. 모리란 자도 이토처럼 평민 출신이었다. 이토는 아버지가 농부였다고 했다. 그래서 자신은 농부처럼 정치를 한다고 했다.

농부는 농사를 짓다가 경작이 제대로 되지 않으면 땅의 영양분을 보충해줍니다. 거름으로 해결할 수 있다면 거름을 만들어주지만, 거름으로 해결되지 않으면 아예 땅을 갈아엎어버립니다. 객토를 하는 것이지요. 그래서 새로운 땅을 만듭니다. 일본의 메이지 유신은 바로 객토를 통해서 일본을 새롭게 만든 일이었지요. 조선도 마찬가지입니다. 지금 조선 땅은 갈아엎고 객토를 하지 않으면 아무짝에도 쓸모없는 황무지가 될 것입니다. 그러기 전에 객토를 해야 하겠지요. 객토 작업을 조선 스스로 하지 못하면 우리 대일본 제국이 해드리겠습니다. 폐하께서 황위를 이은 것은 바로 객토 작업을 위한 첫 삽이라고 할 수 있습니다.

내가 황위를 이어받았을 때, 이토가 내게 한 말이었다. 그 말을 하는 이토는 거인처럼 느껴졌다. 나로서는 도저히 이길 수 없는 엄청난 힘의 소유자처럼 보였다. 그때부터 평민의 피를 가진 자가 두려웠다. 아무리 뽑아내도 사라지지 않는 논밭의 잡초처럼 억센 생명력을 가진 자들이 부러웠다.

"자네가 부럽구먼. 평민의 피를 가진 자네가 부러워."

모리는 어리둥절한 표정이었다. 하지만 나는 진심으로 한 말이었다. 그저 궁궐에서 화초처럼 키워진 내가 할 수 있는 일이 무엇일까 싶었다.

어린 시절엔 왕만 되면 뭐든지 할 수 있는 줄 알았다. 하지만 임오년의 군란과 갑신년의 정변을 겪으면서 왕이 마음대로 할 수 있는 일이 거의 없다는 사실을 알았다. 심지어 변도 제때 누지 못하는 것이 왕의 삶이었다. 사생활이란 애초에 없는 삶이었다. 자신의 의지대로 할 수 있는 것은 거의 없었다. 아내를 선택하는 일도, 아내와 자는 일도 마음대로 결정할 수 없었다. 보고 싶은 책도 고를 수 없었고, 가고 싶은 곳도 갈 수 없었으며, 먹고 싶은 것도 마음대로 먹을 수 없었다. 심지어 부모님의 얼굴도 마음대로 볼 수 없었으며, 여느 자식처럼 어머니의 젖을 먹고 자랄 수도 없었다. 거기다 끊임없이 왕위 계승 싸움에 시달려야 했고, 그 싸움에서 이기기 위해서는 누군가를 죽여야 했다. 그것이 혈

육이든, 신하든, 친구든, 의심스런 자는 모두 죽여야 했다. 그야말로 칼날 위를 걷는 삶이었다. 그렇지만 힘만 있다면 그런 삶도 할 만하다 싶었다. 그래서 부왕처럼 힘없는 왕이 되지 않으리라 무수히 다짐했었다. 하지만 나는 부왕보다도 더 힘없는 왕이 되었다. 힘이라고는 찾아볼 수도 없는 나약하고 보잘것없고 두려움에 가득 찬 왕이 되었다. 그 왕위마저도 빼앗긴 채 폐왕이 되고 말았다. 폐왕이 된 뒤로 궁궐은 곧 감옥으로 돌변했고, 왕의 옷은 죄수복이 되고 말았다. 아니 천하 어느 곳 하나 감옥 아닌 곳이 없었고, 육신 자체가 죄수복이 되어 벗어버릴 수도 없었다. 살인자, 도둑, 강도의 묵형을 당한 것보다 더 진하고 깊은 폐왕이라는 문신이 내 몸과 마음은 물론이고, 길가에 굴러다니는 돌 하나에, 이름 없는 시골을 흐르는 하천에, 눈에 보이는 산하와 보이지 않는 우주에, 모든 나의 백성과 모든 남의 백성의 마음과 눈에 모두 아로새겨졌다. 나는 그 문신의 그물에 걸린 물고기가 되어 파닥거리며 죽는 방법만 모색해야 했다.

나는 쏟아지는 한숨을 가까스로 참으며 모리의 어깨를 가볍게 두드리고 침실로 들어갔다.

안으로 들어서자, 상궁 셋이 고개를 숙이고 있었다. 이미 일흔 고개에 이른 김충연 상궁이 보였고, 중년의 두 상궁이 함께 서 있었다.

"고생이구나."

"황송하옵니다."

"내 너희를 잊지 않겠다."

말은 그렇게 했지만, 나라를 잃은 폐주인 내가 그들에게 해줄
수 있는 일은 없었다. 무신년의 궁정 개혁 때 궁녀의 태반이 쫓
겨나고, 겨우 남은 것이 상궁 이십 명 남짓과 나인 서른 남짓이었
다. 육백 명이 넘던 궁녀가 일 할도 안 되는 수로 줄었으니, 궁인
들의 수고가 여간 아니었다. 비록 쓰러진 왕실이지만 상전은 상
전인지라 눈치를 보지 않을 수 없었고, 또 일인의 눈치를 보지
않을 수도 없었다. 고생은 고생대로 하고 사니 형편은 점점 어려
워지는 것이 궁인들의 현실이었다. 그나마 노골적으로 일인의 눈
과 귀가 되어 움직이는 궁인은 제법 위세를 부리고 다니는 모양
이었다. 하지만 상전에 대한 의리를 지킨답시고 충정을 보이는 궁
인은 하루아침에 궁에서 내쫓겼다.

궁을 떠나면 갈 곳 없는 신세가 되는 것이 그들의 삶이었다.
어떤 궁인은 궁 밖에서 스스로 굶어 죽었다는 말도 들렸고, 어
떤 이는 비구니가 되었다고도 했다. 심지어 주막에서 찬모로 일
하는 궁인도 있다 했다. 드물게는 장사로 성공하여 크게 부자가
된 이도 있었고, 결혼을 하여 자식 낳고 잘 지내고 있는 이도 있
었다.

나는 그들 모두가 부러웠다. 스스로 죽을 수도, 머리 깎고 중이 될 수도 없는 것이 나의 처지였다. 찬모로 살든, 상인으로 살든, 그들은 궁을 떠나 자신의 삶을 살고 있었다. 적어도 그들은 나보다는 끈질긴 생명력을 가진 자들이었다. 스스로 자기 삶을 구하고, 스스로 살길을 모색할 줄 아는 자들이었다. 어쩌면 궁을 떠난 것이 그이들에겐 새로운 기회였는지 모를 일이었다. 내게도 그런 기회가 주어진다면 미련 없이 궁을 떠날 수 있을까?

나는 손짓으로 그들을 내보냈다.

침실 내부를 둘러보았다. 침대 양옆으로 붉은 휘장이 쳐져 있었고, 침대 맞은편에는 둥근 탁자와 그 주변으로 세 개의 등 높은 의자가 마련되어 있었다. 나는 창밖을 바라볼 수 있는 쪽으로 앉았다.

조 상궁에게 커피를 한 잔 더 가져오라고 하여 마셨다. 윤택영의 웃음 때문에 커피 맛이 달아난 것을 보상받을 심사였다.

커피를 한 모금 머금고 넋을 놓은 채 창밖을 바라보았다. 바깥 풍경은 빠르게 스쳐갔다. 하지만 세월보다 빠른 것은 없었다. 처음 열차를 타보았을 때가 어제 같은데, 벌써 20년이 다 되었으니.

남방 순행

광무 3년 기해 가을이었다. 내 나이 스물여섯이었다. 독이 든 커피를 마신 후유증으로 빠져버린 이빨 자리를 겨우 의치로 채워 넣은 직후였다. 경인선 개통식이 있다 하여 아바님께 꼭 열차를 타보고 싶다고 억지를 썼다. 내가 그런 억지를 쓰는 것을 처음 본 부황은 다소 의외라는 표정이었다. 무슨 일이든 스스로 고집을 부려본 적이 없었기 때문이다. 하지만 개통식엔 참여할 수 없다고 하셨다. 개통식에 황태자가 가면 일이 너무 번잡스러워지고 경호 문제도 심각하여 민폐를 끼치게 된다는 이유였다. 거기다 무슨 일이 벌어질지 알 수 없는 일이라고 하셨다. 내 목숨을 노리는 자들이 수도 없이 많다는 말도 덧붙이셨다.

그렇게 일단 물러서야만 했다. 하지만 열차를 타보는 일을 포기할 수는 없었다. 어디서 그런 용기가 생겼는지 알 수 없는 일이었다. 한 달간 궁리한 끝에 몰래 궁을 빠져나갔다. 동궁 궁녀들의 입단속을 단단히 시킨 뒤에 내관 둘과 무관 둘을 데리고 노량진역으로 달려갔다. 그렇게 나는 생애 처음으로 의지대로 행동했다.

열차를 처음 보았을 때, 나는 거대한 지네 같다고 생각했다. 그리고 덜컹거리며 내달리기 시작했을 때, 나는 혹 선로에서 탈선하지 않을까 조마조마했다. 듣기에는 전속력으로 달리는 말보다 빠른 속도로 달린다고 했는데, 달리는 말 위에 앉아본 적이 없는 나로서는 그 속도에 깜짝 놀랄 수밖에 없었다. 굉음을 내며 무서운 속도로 내달리는 한 마리 철마 위에 앉은 기분이었다.

태어나서 그토록 기분이 좋은 순간은 없었다. 그렇게 끝없이 어디론가 달려만 가고 싶었다. 황위도 궁궐도 정치도 모두 내려놓고 하염없이 떠나고 싶었다. 부황의 엄명을 어기면서까지 그토록 열차를 타보고 싶었던 이유를 그때 깨달았다.

사실 나는 도망치고 싶었다. 황태자의 자리를 벗어던지고 싶었다. 바위처럼 나를 짓누르고 있던 모든 것으로부터 달아나고 싶었다. 내겐 감옥이나 다름없는 무섭고 암울한 궁궐의 공기를 더 마시고 싶지 않았다. 어마님이 처참하게 참살당한 그곳에서 언젠가는 나도 적에게 목을 내놓고 말 것이라는 공포에 질려 살고 싶지 않았다. 열차를 타고 달려보지 않았다면 내 속에 그런 마음들이 있는지 몰랐을 것이다. 그저 나는 왕자로 태어나서 왕으로 사는 연습만 해왔고, 왕으로 살아야 한다는 다짐밖에 몰랐다. 늘 머리 숙인 궁인들과 표정 없는 내시들이 내 손과 발이 되어 먹이고 입히고 씻기는 그곳에서 내가 스스로 할 수 있는 일은 아무것도 없었다. 언제 적으로 돌변하여 내 눈을 가리고 귀를 막고 입에 재갈을 채워버릴지 모르는 대신들의 화살촉 같은 눈빛도 더 이상 보고 싶지 않았다.

내친김에 제물포역에 내려 바다를 보아야겠다고 생각했다. 함께 간 엄 내관과 이 내관은 사색이 되었다. 그들에겐 목이 달린 일이니 당연했다. 돌아가야 한다고 강권하는 그들에게 바락바락 악을 썼다. 제물포까지 와서 바다를 보지 못한다면 차라리 돌아가지 않겠다고 했다. 그러나 두 내관의 고집도 대단했다. 둘은 필사적으로 나를 다시 열차에 태웠다. 그렇지 않으면 그 자리에서 자결하겠다고 엄포를 놓았다. 나는 지고 말았다. 그토록 보고 싶었던 바다를 끝내 보지 못하고 돌아와야만 했다.

다시 열차를 탄 것은 그로부터 10년 뒤였다. 태황으로부터 황제 위를 물려받은 후였다. 융희 3년 기유 정초였다. 그해 양력으로 신년 하례식을 마치고 총리 이완용이 갑작스럽게 와서 제안했다.

"폐하, 올해로 재위 3년째이옵니다. 3이라는 숫자는 예로부터 특별하여 무슨 일을 하면 안정을 이루는 햇수라 하옵고, 셋째 딸은 보지도 않고 데려간다는 세간의 말이 있는 것처럼 늘 좋은 의미로 사용되고 있습니다. 그러니 융희 3년인 올해 폐하께서도 뜻깊은 일을 하시는 것이 당연한 처사일 것입니다."

서설을 늘어놓는 이완용의 교묘한 언사가 왠지 불안했다. 그래서 그냥 듣고만 있었다.

"마침 이번에 이토 공작이 좋은 제안을 하나 하였는데, 그것이

참 고맙기도 하여 잰걸음으로 달려왔습니다."

"통감이 무슨 제안을 하였소?"

"새해를 맞아 남방과 서방을 순례함이 어떠하신지 제안했습니다."

"남과 서방이라 함은?"

"궁정열차를 마련하여 부산을 돌아 의주로 순행하자는 제안입니다."

"통감과 함께 말이오?"

"그렇습니다. 폐하와 공작이 함께 거둥하시면 대한제국과 일본의 우의가 크게 다져질 것이옵니다."

이토가 나를 앞세워 백성의 환심을 사려는 술책이었다. 통감부가 나를 감시하고 조정을 압박하여 조선을 집어삼키려 한다는 말이 비등한데, 그런 민심을 잠재워보고자 한 것이었다. 의도는 빤히 읽히는 일이었다. 하지만 나도 황실의 건재를 과시하여 민심을 얻어볼 마음도 있었고, 내 나라 산천을 돌아볼 마음도 있었다. 경부선과 경의선이 모두 부설되었는데, 황제로서 실제 그 위용을 보고 싶기도 했다. 그리고 부산으로 간다면 필시 바다를 볼 수 있으리라는 생각도 들었다.

그런 마음으로 부산행 열차에 올랐다. 이완용과 이토를 포함한 대관 백여 명을 대동했다. 부산으로 내려가는 도중에 나는 멀미가 난다는 핑계로 여러 차례 달리는 열차를 세웠다. 요의는 가득한데 웬일인지 아무리 애를 써도 소피를 볼 수가 없었다. 그래서 열차를 세웠는데, 쉽게 해결되지 않았다. 요강을 앞에 놓고 앉으면 바깥 소리들이 하나둘 들리기 시작했다. 특히 열차 바닥을 밟는 군홧발 소리가 너무도 거슬렸다. 간간이 들리는 일인들의 목소리는 나를 더욱 짜증스럽게 만들었다. 왜경들의 허리에 찬 칼이 부딪칠 때마다 신경이 곤두섰다. 방광은 터질 것 같고, 요의는 금방이라도 쏟아질 것같이 밀어닥치는데, 소피는 해결되지 않았다. 요의를 참고 다시 열차를 출발시키기도 했다. 도저히 참을 수 없을 것 같으면 다시 세웠다. 일인들의 불만 섞인 말들이 들려오기도 했다. 그러면 소피는 더 해결되지 않았다. 결국 나는 매화틀에 앉아야만 했다. 하지만 소피는 해결되지 않았다. 수원역을 스쳐갈 때 시작된 요의는 대전역에 도착할 때까지도 해결되지 않았다. 급기야 대전에 도착했을 땐 침대에서 잠시 쉬었다 나가겠다고 하고 시위들과 궁인들만 남긴 채 모두 내리게 했다. 그리고 아랫배를 주먹으로 수십 차례 쳐서 가까스로 소피를 해결했다. 소피가 해결된 뒤에도 음낭과 요도의 통증은 계속되었다.

나는 그 통증을 안고 회덕군수 구주현과 휘하 관리 그리고 유생 들을 만났다. 그들은 승강장 바닥에 엎드려 절을 했고, 나는 남모르게 한숨과 통증을 쏟아내며 몇 마디 인사를 하였다. 내가 무슨 말을 하고 있는지도 몰랐다. 그저 빨리 쉬고 싶을 뿐이었다.

열차가 달리기 시작하자, 조 상궁이 와서 다음 정차역은 대구라고 했다. 이토가 말하길 대전까지 오는 중에 너무 많이 지체하여 이제 중간에 세울 수 없다고 했다 하였다. 나는 그 말이 괘씸하고 서운하여 화가 났지만, 고개만 끄덕였다.

열차가 움직이자 또 요의를 느꼈다. 소변이 음경 가운데쯤 걸려 있는 느낌이었다. 이제 세울 수도 없는 상황이라 전의 서병효를 불렀다.

"이미 소피를 보았는데도, 또다시 요의가 있다. 어떻게 해야 하느냐?"

"아마도 소변이 제대로 빠지지 않아 요도에 걸려 있는 모양입니다. 예로부터 소변을 참는 것은 만병의 근원이 된다 했으니, 차라리 이뇨에 좋은 것을 마시고 해결하는 것이 좋을 듯합니다."

"그것은 네가 모르는 소리다. 이미 소변이 나오지 않아 이뇨에 좋은 것들을 많이 마셨지만, 웬일인지 도통 소변을 볼 수가 없었다."

"그렇다면 지금 방광에 소변이 차 있는 것은 아니니, 수분 있는 것은 섭취하지 마시고 일단 참아보는 것이 어떻겠습니까?"

"알았다. 내 참을 수 있는 데까지 참아보고 다시 부르겠다."

내가 침대칸에 들어앉아 꼼짝도 하지 않자, 이토가 통역을 맡은 고쿠부를 앞세우고 왔다.

"폐하, 원로에 고초가 크옵니다. 멀미를 하신다고 들었습니다."

"부끄럽구려."

"멀미도 새로운 문물을 받아들이는 과정이라 생각하셔야 합
니다."

"그렇소이까?"

"우리 일본인들 중에도 간혹 열차 멀미를 하는 자들이 있습니
다. 대개는 시골의 무지렁이 노인들입지요. 하지만 그 무지렁이들
도 열차에 익숙해지면 멀미를 하지 않는답니다. 폐하께서도 곧
열차에 익숙해질 것입니다."

그러니까, 내가 시골의 무지렁이나 다름없다는 말이렷다? 간
교한 늙은이!

"이번 순행을 끝내면 익숙해지겠지요."

"그러셔야지요."

이토가 나가자, 요의가 더욱 심해졌다. 다시 방광이 팽배해지
고, 요도가 당기고 음낭이 아파왔다. 나는 숨을 몰아쉬며 서병
효를 불러들였다.

"요의는 심한데, 소피를 볼 수가 없구나. 도대체 무슨 일인지
모르겠구나."

"아마도 너무 긴장하거나 피곤하여 일시적으로 요도가 폐쇄된

듯합니다. 폐하, 침을 놓아보겠습니다."

"침이 효과가 있겠느냐?"

"달리는 열차 안이라 알 순 없지만, 일전에 그런 환자가 있어 효과를 본 적이 있습니다."

"그렇다면 해보라."

서병효는 내 하의를 약간 내리고 방광 위에 두 개의 침을 꽂았다. 그러자 저절로 소변이 쏟아질 것 같은 느낌이 들었다. 급히 요강 앞에 앉았더니, 소변이 방울방울 떨어졌다. 하지만 이내 멈춰버렸다. 지켜보던 서병효는 음경 뿌리쯤에 다시 하나 침을 찔렀다. 그때서야 소변 줄기가 쏟아졌다.

소피를 해결한 나는 거의 탈진 상태로 누웠다. 서병효는 누운 내 몸 곳곳에 침을 놓았다. 덕분에 대구에 도착했을 땐, 제법 활기가 있었다. 방광과 요도의 통증도 조금씩 사라졌고, 원기도 회복하였다.

대구역에 내리자, 수만 명의 백성이 나와 흰 물결을 이루고 있었다. 일본 헌병대의 군악대가 음악을 연주하자, 백성은 박수를 치며 환호성을 질렀다. 연주가 끝나자, 이토는 스스로 가장 높은 곳에 올라섰다. 경무국장 마쓰이 시게루가 만류했지만 이토는 마쓰이의 손을 뿌리치며 소리쳤다. 통역을 맡은 고쿠부가 우리말로 다시 반복했다.

"동양은 지금 서양의 침탈로 모두 사냥감이 되고 있습니다. 다만 우리 대일본 제국이 동양의 방패막이가 되어 야수 같은 서양의 침탈을 막아서고 있는 것입니다. 또한 오늘날 조선은 풍전등화의 위기에 처해 있으며, 일본의 보호가 없다면 한 달도 견디지 못하고 무너지고 말 것입니다. 그래서 우리 대일본 제국은 조선의 보호를 위해 을사년의 보호조약을 맺은 것이며, 향후에도 조선의 안녕과 평화를 위해 힘을 아끼지 않을 것입니다. 지금 조선은 정치가 제대로 이뤄지지 않고, 관리는 부패했으며, 백성은 무지의 늪에서 벗어나지 못하고 있습니다. 우리 일본은 이런 조선의 현실을 계몽하여 조선인 스스로 일어설 수 있도록 도와줄 것이며, 그 일을 위해 보호 정치를……."

이토는 자신감에 차 있었다. 그의 음성에는 힘이 있었고, 표정에는 두려운 것이 없었다. 이토의 말을 듣고 있는 사람들은 어두운 얼굴로 침묵을 지켰다. 그 백색 침묵 속에 이토는 한 자루 검은 칼이 되어 꽂혀 있었다.

연설을 끝낼 무렵, 이토는 백색 침묵을 향해 큰 소리로 이렇게 외쳤다.

"만약 우리 일본 제국의 뜻과 다른 생각이 있다면 기꺼이 듣겠소. 우리는 그 사람을 계몽하기 위해 그 어떤 가르침도 아끼지 않을 것이오! 누구든 우리와 다른 생각을 말해보시오."

이토는 의기양양한 얼굴로 군중을 서서히 둘러보았다. 그의 눈빛에 떨어지는 햇살이 반사되어 번쩍거렸다. 눈빛이 마치 비수처럼 군중의 가슴에 꽂혔다. 아무도 손을 들거나 말을 하는 이는 없었다. 그저 적막만이 있었다.

이토는 만면에 웃음을 머금고 아래로 내려왔다. 그리고 수하들에게 일본말로 수다스럽게 지껄였다. 무슨 말인지 알아들을 순 없었지만, 매우 흡족한 표정이었다.

곧이어 역을 빠져나가 대구 행재소(임금이 궁을 떠나 멀리 나들이할 때 머무르던 곳)로 향했다. 대구 행재소로 가는 길 양쪽으로 백성들이 몰려나와 있었다. 내가 탄 차는 그 사이로 느리게 지나갔다. 차가 가까이 이르면 백성들이 몸을 엎드렸다. 나는 손을 흔들기도 하고, 고개를 끄덕거리기도 했다.

그런 한순간이었다. 30보쯤 앞쪽에서 사나이 하나가 길을 막으며 뛰어들었다. 청년은 뭔가 큰 소리로 외쳤지만 유리문에 막혀 무슨 말인지 알아들을 수 없었다. 이내 사나이는 누런 제복에 의해 끌려 나갔다. 끌려가면서 뭔가 더 할 말이 있는 듯 고함을 지르려 하였으나 입이 틀어막힌 상태였다. 팔을 허우적거리며 사라지는 그를 보면서 나는 얼핏 헛것을 보았나 싶었다. 무슨 일이냐고 물었더니 미친 자라고만 하였다.

대구 행재소에 도착하여 그곳에서 하루를 유숙하게 되었다는 내용으로 덕수궁에 전보를 쳤다. 황태자에게도 전보를 쳤다. 그리고 경상북도 관찰사 박중양과 대구 군수 양홍묵을 접견했다. 그들과 함께 대구 공소원장, 지방 재판소장, 검사장 같은 일인들도 함께 만났다. 공소원장 도이 요타로를 비롯하여 재판관과 검찰을 맡고 있던 일인들은 이토를 만난 것만으로도 눈물을 글썽였다. 그들의 얼굴은 온통 감동과 존경으로 가득 차 있었다. 박중양과 양홍묵도 나보다는 이토의 눈만 의식했고, 그의 뒤만 졸졸 따라다녔다. 그때서야 나는 순행을 허락한 것이 실수라는 생각을 했다. 이미 조선의 산하는 내 것이 아니고, 조선의 관료도 나의 신하가 아니었다. 나는 그저 허수아비처럼 저들을 위해 전시되고 있을 뿐이었다.

저녁에 이토와 만찬을 함께했다. 이토는 몇 잔의 술을 마시며, 다소 흥분된 어조로 떠들었다. 그는 몹시 기분이 좋아 보였다. 흥분된 탓에 말이 너무 빨라져 고쿠부는 숨을 헐떡이며 통역을 해야 했다.

이토는 대구역에서 목숨을 걸고 연설을 했다고 했다. 어디선가 총알이 날아올지도 몰랐고, 폭탄이 터질 수도 있었다고 했다. 그래서 주머니에 붕대도 준비했다고 했다. 이토는 을사년에 경성 거리에서 연설을 하다 우리 백성이 던진 돌에 맞아 머리가 깨지는 중상을 입은 일을 덧붙였다.

이토는 침을 튀겨가며 말을 이어갔다. 스스로가 대견한 모양이었다. 게걸스럽게 고기를 씹으면서도 말을 멈추지 않았고, 술을 채 목구멍으로 넘기지도 않고 장광설을 늘어놓았다.

동서양 국가의 흥망성쇠로부터 시작된 그의 이야기는 조선의 현실과 황제의 역할, 일본과 조선이 어떻게 해야 세계열강의 침략으로부터 살아남을 수 있는지, 일본과 조선이 손을 잡고 할 수 있는 일이 무엇인지 하는 말들을 쏟아냈다. 자신의 어린 시절과 유학 시절, 명치유신의 선봉에 섰던 일들까지 두서없이 곁들였다.

그를 만난 뒤로 그토록 흥분된 모습은 처음이었다. 그토록 천박스런 표정도 처음이었다. 그때 난 처음으로 그도 나약한 한 인간에 지나지 않는다는 생각을 했다. 그도 두려움에 떨고 있다는 것을 알았다. 나약함을 숨기기 위해 너스레를 떨고 있다는 것을 알았다. 이토뿐 아니라 모든 일본인이 두려움을 감추고 있다는 생각을 했다. 하지만 그 숨겨진 나약함과 두려움조차 부러웠다. 나는 두려움과 나약함을 숨길 수 없는 처지였지만, 이토는 숨길 수 있다는 사실만으로 강자였다.

이토가 돌아간 뒤에 잠자리에서 오랫동안 뒤척였다. 이젠 저들에게 황제의 위를 뺏기고, 국토와 백성까지 빼앗기는 일만 남았다는 불안감에 잠을 이룰 수 없었다. 이미 그들에겐 나에 대한 두려움 따위는 없었다. 그들이 그나마 두려워하는 것은 황제인 내가 아니라 힘없고 굶주린 백성의 마음이었다. 그 마음을 빼앗기 위해 순행이라는 이름으로 나를 끌고 다니는 것이었다. 이제 나는 그 힘없고 굶주린 조선 백성의 한 사람만큼도 두려운 상대가 아니었다. 그렇게 잠을 뒤척이다 새벽녘에야 잠시 눈을 붙였다.

그날 부산역에 이르자, 이토는 대구역에서처럼 또다시 열변을 토하기 시작했다. 이젠 한층 신이 난 얼굴이었다. 자신감도 더 붙고, 표정도 여유로웠다. 덩달아 통역을 하는 고쿠부도 신이 난 표정이었다. 지켜보는 일본 관료들도 모두 흡족한 얼굴이었다. 그것은 곧 승자의 모습이었다.

군중 속에는 양복을 입은 자들도 꽤 있었다. 아마도 모두 왜인들 같았다. 그들은 이토의 말이 멈춰질 때마다 알아들을 수 없는 말로 환호성을 지르며 박수를 쳤다. 나는 고개를 돌려버렸다.

날씨는 춥고 바람이 거셌다. 그 바람을 타고 이상야릇한 냄새가 풍겨왔다. 무슨 냄새냐고 물었더니 바다 냄새라고 했다. 딱히 뭐라고 표현할 수 없는 역한 냄새였다.

냄새는 바다에 가까이 갈수록 더 심해졌다. 그토록 보고 싶었던 바다였건만, 갑자기 다가가는 것이 꺼려졌다. 생각해보면 백성들이 어떻게 사는지 궁금하여 도성을 살펴볼 때도 비슷

한 감정이었다. 도성 곳곳에서 풍겨나는 것은 뭐라고 꼬집어 말할 수 없는 악취의 연속이었다. 그 악취는 얼핏 맡으면 인분 냄새 같았고, 또 달리 맡으면 음식이 부패하는 냄새 같았다. 그 냄새가 무엇이냐고 물었더니 사람 사는 냄새라고 했다. 어찌 사람 사는 냄새가 이렇게 독하냐고 했더니, 천한 백성의 삶이란 원래 그렇다고 했다.

내가 코를 막고 있을 때, 이토가 고쿠부를 앞세우고 내게 다가와 말했다.

"바다 냄새가 어떻습니까? 저는 이 냄새만 맡으면 배를 타고 어디로든 떠나고 싶습니다. 저, 바다 건너 새로운 대륙의 기운이 느껴지지 않습니까?"

나는 얼른 코에서 손을 뗐다.

"짐은 바다가 처음이라……."

"폐하께선 궁궐을 떠나본 적이 없으니, 당연히 처음이겠지요? 제가 영국으로 유학을 갔을 땐 무려 한 달이나 배를 타기도 했습니다. 어릴 때 배를 탄 적도 없는데, 이상하게도 저는 뱃멀미를 하지 않았습니다. 구라파의 선진 학문을 배우겠다는 일념이 워낙 강했기 때문에 멀미 따위가 내 몸속으로 들어올 틈을 주지 않았던 것이지요."

이토는 그 말을 해놓고 소리 내어 껄껄대며 웃었다. 이토 뒤에 있는 일인들도 같이 웃었다. 함께 있던 대신들과 경남 감사, 동래 부윤도 멋모르고 같이 웃었다. 나는 감사 황철과 부윤 김창한을 잠시 쏘아보았지만, 그들은 내 눈을 의식하지 않았다.

역사를 빠져나온 뒤, 일인 관리들의 안내를 받아 초량의 일본 영사관을 구경했다. 이토는 초량 영사관이 조선에서 가장 역사가 있는 일본 관청이며, 단아하고 깨끗하게 잘 지어진 건물이라고 소개했다. 그러면서 조선의 관청도 하루빨리 깔끔하고 단정하게 정리되어야 한다고 덧붙였다. 이토는 뭐든지 일본식으로 바꿔야 신식이라고 말해왔다. 심지어 궁중의 측간도 일식으로 고쳐버린 그였다. 궁중 측간을 일식의 수세식으로 바꿨다며 내게 와서 너스레를 떨기까지 했다. 심지어 측간을 한번 보지 않겠느냐고 하기도 했다. 그의 눈에는 조선 것은 모두 불결하고, 뒤떨어져 있었다. 더구나 조선 사람은 몸에서 너무 냄새가 난다고 하였다. 양반 상놈 할 것 없이 입에서 풍겨대는 마늘 냄새 때문에 머리가 아플 지경이라는 말도 하였다. 조선의 황제인 나를 앞에 두고 그는 틈만 나면 조선인을 싸잡아 비난했다. 조선인은 발끝에서 머리까지 모두 개선되어야 한다는 것이었다. 무엇보다도 정신을 계몽해야 한다고 강조했다. 조선인의 정신은 안이하고 게으르고 부도덕하다고 하였다. 공짜를 너무 좋아하고, 남의 것을 함부로 탐내며, 노력 없이 얻어먹으려는 구걸 근성이 깊게 박혀 있다고 하였다.

"행재소로 갑시다."

나는 더 듣고 있을 수가 없었다. 이토는 할 말이 더 있는 듯 입맛을 다셨다. 나는 아랑곳 않고 먼저 차에 올라탔다. 그는 차 안에서도 못 다한 말들을 계속 쏟아냈다. 앞자리에 앉은 고쿠부는 몸을 비튼 채로 통역하느라 고통스러운 듯하였다. 하지만 이토의 말은 계속되었다.

"조선의 궁궐은 너무 형식적입니다. 덩치는 큰데, 막상 사무를 볼 곳은 없습니다. 자금이 마련되면 지금의 궁궐을 헐고 대리석으로 다시 지어야 할 것입니다. 혹 재정이 부족하면 제가 본국에서 마련해오겠습니다."

"지금도 차관이 많은데, 더 빌려서야 되겠습니까?"

"궁궐도 궁궐이지만, 하루빨리 도로를 닦아야 하지 않겠습니까? 겨우 철길은 마련되었지만, 자동차가 달릴 길이 제대로 없어요. 전국 어디나 길이라고 해봐야 두 사람이나 겨우 지나갈 수 있는 형편 아닙니까? 폐하께서도 언제 도쿄의 넓고 잘 닦인 도로를 한번 보셔야 실감이 나실 것입니다."

"일본을 다녀온 민병석 장관이 내게 말한 적이 있습니다. 도쿄의 거리는 아주 넓고 깨끗하다고 하더군요."

"자동차도 많습지요. 그것이 모두 명치유신의 결과입니다. 조선도 우리 일본의 도움으로 유신을 강행하면 그런 날이 올 것입니다. 우리 일본이 반드시 조선을 개선된 땅으로 만들어 드릴 것입니다."

행재소에 도착할 때까지 이토는 끊임없이 말을 쏟아냈다. 조선도 빨리 학교를 세워 서양 학문을 널리 퍼뜨려야 하며, 주택을 개량하고, 간편하고 활동적인 복장으로 의복을 바꿔야 한다고 했다. 붓을 버리고 연필을 대량 생산하여 보급하고, 목선을 버리고 철선을 만들어야 한다고 했다.

듣고만 있던 나는 행재소에 거의 이르러 작심을 하고 말했다.

"온고이지신(溫故而知新)이라는 말이 있습니다. 반드시 새로운 것이 좋은 것은 아니지요. 옛것이 없이 어떻게 새로운 것이 있겠습니까? 남의 것이 좋다고 하여 남의 돈과 힘으로 따라서 만든다면 그것이 어디 내 것이라고 할 수 있겠습니까? 공의 뜻은 고맙지만, 대한제국은 대한의 백성들 힘으로 일어나야 하지 않겠습니까? 시간이 걸린다고 하더라도 말입니다."

그리고 차에서 내렸다. 이토는 할 말이 더 있는지 바짝 따라왔지만, 나는 딴청을 부리며 감사에게 일렀다.

"이곳의 노인과 효자, 효녀, 열녀 들을 불러오라. 그들에게 잔치를 베풀어줄 것이니라. 또 이곳의 명유를 모신 사당에 모두 관리를 보내 제를 올리도록 하라. 이황과 정여창, 김굉필, 이언적의 사당에 모두 제사를 지내도록 하라. 또 내가 듣기로 가야의 시조 김수로왕의 능이 근처에 있고, 신라의 각간 김유신의 무덤이 멀지 않은 곳에 있다 했다. 그곳에 관리를 보내 제사를 지내고, 무덤으로 가는 길을 넓히도록 하라."

이토는 그런 명령을 내리는 나를 보면서 눈 아래 검은 점을 실룩이며 못마땅한 표정을 지었다. 하지만 나는 모른 척하였다.

"근처에 임진왜란 때 충의를 지킨 송상현과 정발의 사당이 있다고 들었다. 그곳에도 사람을 보내 제사를 올리도록 하라. 이렇듯 이 고장에는 명유와 충신들이 많았으니, 그 후예들 또한 뛰어날 것이다. 그러니 누가 감히 이곳을 넘보겠는가?"

이토는 인사도 없이 행재소에서 나가버렸다. 그와 함께 일인 관리들도 모두 사라졌다. 남아 있는 사람은 총리 이완용을 비롯한 대신들과 경남 감사와 동래 부사, 그리고 서너 명의 관리가 전부였다.

잠시 후에 서리들이 팔순을 넘긴 노인 일곱과 열녀 둘을 데려왔다. 나는 노인들에겐 음식과 술을 내리고, 함께 먹고 마셨다. 그리고 열녀들에겐 위로금과 하사품을 내리고 보냈다.

오랜만에 기분이 좋았다. 행재소를 빠져나가던 이토의 표정을 생각하자 웃음이 막 쏟아졌다. 껄껄대며 웃었다.

"경들도 원로에 수고가 많습니다. 오늘 짐은 아주 마음이 족

합니다. 그러니 곤한 몸도 풀고 마음도 풀 겸, 모처럼 주연을 가집시다. 이 황제의 잔을 받으시오. 오, 총리대신부터 받아야겠지요."

오랜만에 마신 술이라 금세 취기가 올랐다. 소피도 쉽게 보았다. 행재소의 침소도 불편하지 않았다. 잠도 편히 들었다.

이튿날 아침에 이완용이 급한 얼굴로 찾아왔다.

"폐하, 어젯밤에 일본 황제께서 전보를 보내왔는데, 폐하께서 취하시어 침소에 드신 까닭에 올리지 못했습니다."

일황의 전보를 보니, 예정에 없는 일이 적혀 있었다.

짐은 귀 황제 폐하께서 추운 겨울날에 남방을 순행하신다는 소식을 듣고, 그 훌륭한 일에 대하여 경의를 표하고자 군함을 보냅니다. 부디 항구에 오셔서 본국의 군함에 행차해 주시면 좋겠습니다.

남방 순행 일정엔 군함 승선 계획은 없었다. 나는 배를 타고 싶지 않았다. 더구나 군함이었다. 뱃멀미에 대한 두려움도 있었지만, 일본 군함을 탄다는 사실이 꺼림칙했다. 병자년 수호조약 무렵부터 일본은 툭하면 함포를 앞세우고 협박을 일삼았다. 그 협박에 밀려 결국 아바님이 황위에서 물러나셨다. 나는 옆으로 앉아 이완용을 곁눈질로 보며 퉁명스럽게 말했다.

"이 겨울에 바람도 센데, 굳이 군함에 오를 필요가 있겠소?"

이완용은 난처한 기색이 역력했다.

"일본 함대는 러시아의 함대를 무너뜨린 세계 최강의 전력을 자랑하고 있사옵니다. 이번 기회에 둘러보시고 우리 내한도 일본의 기술을 익혀 그와 같은 함대를 가져야 하지 않겠습니까? 군함을 타고 바다를 항해하는 것이 아니라 단지 순람하는 것이니, 기꺼이 허락하십시오. 일본 황제의 요청인데, 거절할 순 없지 않겠습니까?"

"그래도 오늘은 몸이 별로 좋지 않아요. 몸이 곤한 까닭에 다음 기회에 둘러보겠다는 전보를 보내세요."

"폐하, 사실은 이미 신이 답신을 보내버렸나이다. 폐하께서 취기가 심한데다 당연히 군함을 둘러보실 줄 알고 호의에 감사하고, 기꺼이 군함을 돌아보겠다는 내용으로 답신을 보냈나이다."

부아가 치밀었다. 하지만 화를 낸들, 해결될 문제는 아니었다. 이완용 말대로 거절할 수 없는 일이기도 하였다. 또 비록 거절한다 하더라도 이토가 강권하여 기어코 나를 군함에 승선시킬 게 뻔했다.

"경은 언제나 모든 일을 마음대로 하는구려. 음……. 채비를 하라 이르시오."

일본국 제2함대 기함 오처호에 승선하기 위해 항구로 나갔다.

다행히 전날에 비해 바람은 잔잔했고, 파도도 심하지 않았다.

오처호는 내가 상상했던 것보다 훨씬 큰 전함이었다. 그 위세에 눌린 채 선상에 올랐다. 바닥에서 선상까지의 높이는 인정전 처마 끝보다 높을 듯하였다. 나는 가슴이 벌렁벌렁하였다. 놀란 마음에 아무 말도 하지 못했다.

일본 제2함대 기함장 중장 데와 시게토가 전함 이곳저곳을 안내했다. 기계실, 선실, 내실, 선상 곳곳을 둘러보는 데만 해도 족히 1시간은 걸렸다. 데와 함장이 안내하는 중에 이토는 기고만장한 태도로 너스레를 떨었다. 일본은 이런 군함을 수십 척 보유하고 있다는 말부터 러시아의 함대를 물리친 일화까지 주절주절 늘어놓았다.

순람이 끝나자, 이토는 예정에 없던 출항을 명령했다. 단지 짧은 시간이라도 바다를 가르며 움직이는 거대한 기함의 위용을 직접 몸으로 느껴보라는 말을 곁들였다. 배가 움직이기 시작하자, 이토는 예의 수다스런 말투로 밑도 끝도 없이 충무공 이야기를 하였다. 언젠가 그는 조선의 위인들 중에 충무공을 가장 존경한다는 말을 한 적이 있었다.

"만약 지금 우리에게 이순신 같은 뛰어난 장군이 있다면, 우리 대일본은 한 치도 망설이지 않고 저 태평양을 지나 대서양으로 진군할 것이오. 물론, 머잖아 이순신 같은 인물이 우리 일본에도 나타날 것이라 믿습니다. 조선과 손을 잡는다면 그런 날은 더 빨리 올 것입니다. 그러면 전 세계 오대양을 휘저으며 곳곳에 일본의 뛰어난 문물과 사상을 전파하고 미개한 문명을 깨우쳐 계몽시킬 것입니다."

나는 그의 말이 귀에 들어오지 않았다. 출발한 지 일각도 되지 않아 속이 메슥거리고, 머리가 아파왔다. 말로만 듣던 뱃멀미였다. 나는 몸이 곤하여 좀 쉬었으면 한다는 말로 회항을 요청했다.

배에서 내려도 속이 울렁거렸다. 한편으론 화가 솟구쳤다. 이토에게 놀림을 당한 기분마저 들었다.

나는 행재소로 돌아가서 감사를 불러놓고 말했다.

"이곳에서 머지않은 곳에 충무공 이순신의 전적지가 있다고 들었다. 그곳엔 아직도 파손된 왜적의 배가 있다는 말도 들었다. 그곳으로 사람을 보내 충무공의 승전을 기념하고 제사를 지내도록 하라."

그날 밤 나는 바다에서 노니는 꿈을 꾸었다. 황금색 고래 등에 올라타고 바닷속을 유영하였다. 은빛 상괭이들이 내 뒤를 따라 줄지어 움직였다. 나를 태운 황금 고래는 바다 위로 솟구쳐 올라 비취색 물줄기를 하늘로 쏘아 올렸다. 그 물줄기에 실려 내 몸은 하늘 높이 날았다. 상괭이 떼가 함께 뛰어올랐다. 동시에 은

빛 햇살이 사방으로 번져갔다. 나는 그 햇살에 몸을 쬐며 팔을 한껏 벌리고 고함질렀다. 나는 황제다! 나는 황제다! 황제!

목숨

조 상궁의 음성을 듣고 잠을 깼다. 오래전에 꾼 꿈을 다시 꾼 기분이었다. 달아나던 바깥 풍경이 점점 느려지고 있었다. 몇 번인가 기적 소리도 울렸다. 바깥에선 여러 명의 발자국 소리가 분주하게 들렸다.

"무슨 일인가?"

"잠시 정차한다고 하옵니다."

"이곳은 어딘가?"

"충청도 영동이라고 하옵니다."

"영동이라면 곧 경상도 땅에 닿겠구만."

"그러하옵니다. 이곳에서 수라를 자신다 하옵니다. 식당으로 가셔야 하옵니다."

열차가 점점 느려지더니, 마침내 멈춰 섰다.

"가세나."

식당엔 하세가와는 보이지 않고, 세 대신이 먼저 와 있었다.

"편히 쉬셨습니까?"

민병석이 인사를 하였다. 덕영과 택영 형제는 느리게 고개만 숙였다. 나는 고개만 끄덕이고 앉았다. 내가 아무 말 없이 앉아 있자, 윤택영이 뭔가 말을 붙이려고 하였다. 하지만 나는 틈을 주지 않고 시선을 외면했다. 윤택영은 헛기침을 몇 번 하고 입을 닫았다. 모두 침묵을 지켰다. 침묵 사이로 발자국 소리만 분주했다. 대개 왜경들의 군홧발 소리였다.

잠시 후 고쿠부가 와서 하세가와 총독은 바깥바람을 쐬기 위해 잠시 내렸으니 먼저 식사를 하라고 했다. 나도 위장이 불편하다고 말하고 일어섰다. 그들 셋과 있으려니, 자꾸 경술년의 일들이 떠올라 앉아 있을 수가 없었다.

경술년 8월이었다. 이토가 죽은 뒤에 데라우치가 통감으로 오자, 이완용은 앞장서서 일본과 병합하는 길만이 조선이 살길이라고 나를 압박했다. 하지만 나는 이완용의 말을 외면했다. 그때 나는 이완용을 찔렀던 이재명이란 청년이 곧 사형될 것이라는 소문을 듣고 매우 안타까운 마음이었다. 나는 이재명이 이완용을 절명시키지 못한 것이 한스러웠다. 이재명의 비수는 이완용의 어깨와 허리, 복부 세 곳을 찔렀지만, 심장을 찌르는 데는 실패했다. 이완용은 한동안 사경을 헤매다 겨우 살아났고, 회복되자 곧바로 쏟아낸 말이 한일병합이었다.

"폐하, 이대로 있으면 우리 대한제국은 영원히 미개한 상태에서 벗어나지 못할 것입니다. 일본의 개화된 문명을 받아들여 무지몽매함에서 벗어나야만 미개의 상태에서 벗어날 수 있습니다. 그 일을 이루기 위한 가장 빠른 방법은 일본과 병합하는 일입니다."

황실을 폐하고, 저들의 종이 되어 살라는 말이었다. 나는 고개를 돌려 이완용을 외면하고 있었다.

"황실을 포기하면, 온 백성이 몽매함으로부터 벗어나서 계몽된 국민으로 거듭날 것이며, 온 백성이 가난으로부터 벗어나서 신문명의 혜택을 입고, 새로운 살길을 얻을 것입니다. 지금 황실이 무슨 힘이 있으며, 지금 황실이 무엇을 할 수 있으며, 지금 황실이 어떤 방법으로 백성을 가난과 무지로부터 해방시킬 수 있습니까? 폐하, 두 걸음을 앞서기 위해 한 걸음 물러서는 것이옵니다. 폐하께서 한 걸음만 물러서시면 온 백성이 살길이 열리는데 왜 주저하십니까? 용단을 내리셔서 일본과 병합하소서."

너를 능지처참에 처하지 못하는 것이 나의 한이다. 이 자리에서 너의 목을 쳐 저자에 걸고 백성의 원한을 달래지 못하는 것이 나의 한이다. 너의 사지를 찢어 동서남북에 묻어 역도의 말로가 이러한 것이라고 보이지 못하는 것이 나의 한이다. 너의 3족, 아니 9족을 멸하여 그 시신을 까마귀밥이 되지 못하게 하는 것이 나의 한이다.

나는 아무 말도 하지 않고 이완용을 노려보았다. 이완용은 이재명의 칼날에 맞은 어깨 한쪽을 조금 늘어뜨린 채 나를 올려다보았다. 나와 시선이 마주치자, 놈은 고개를 숙였다.

놈과 나 사이엔 침묵만이 흘렀다. 내가 먼저 일어섰다. 내가 돌아서 나오자, 그는 내 뒤통수에 대고 "폐하!"라고 소리쳤다.

그 더러운 입으로 나를 폐하라고 부르지 마라. 언제 내가 너에게 황제였던 적이 있는가? 너에게 나는 그저 뜯어먹어야 할 고깃덩어리밖에 더 되던가? 그조차도 이제 한입에 넣어 씹을 만큼도 남지 않았다. 이제 너의 입으로 한번 나를 씹어 먹어보아라. 그런 말들만 뇌리에 맴돌았다.

이완용은 그 뒤로 여러 차례 찾아와 같은 말을 반복하며 독설을 쏟아냈다.

"오늘날 이 나라의 백성이 무지함에서 벗어나지 못한 것은 세상을 읽지 못해 백성을 무지에 가둬놓은 황실의 무능함 때문입니다. 오늘날 우리 대한이 강대국의 발 아래 놓인 것은 황제가 계몽되지 못하여 과거의 인습과 미개한 학습에 연연한 탓입니다. 오늘날 이 모든 변고와 몰락은 모두 황제의 잘못된 판단에서 기인한 것입니다. 그 때문에 온 백성이 가난과 무지로 고통받고 있는데 황제만이 거대한 궁궐에서 사치와 향락에 젖어 지내서야 되겠습니까? 이제 그 황제의 위에서 내려와 백성을 살리고, 나라를 살리고, 새로운 세상을 여십시오. 그것만이 백성에게 지은 죄를 갚을 수 있는 유일한 방책입니다."

나는 이완용이 무슨 말을 해도 아무 대답도 하지 않았다.

그때 찾아온 자가 민병석이었다. 놈은 이완용과 사돈지간이요, 절친한 친구라 했다. 거기다 나의 외척이었다. 어마님이 키워 놓은 이리 새끼였다.

"폐하, 이제 황실은 없습니다. 아니 애초에 우리 조선이 황실을 탐낸 것이 과욕이었습니다. 이름만 황실이지, 과거의 왕실보다 힘이 없고 초라하며 나약합니다. 황실은 그저 한낱 남가일몽에 지나지 않았습니다. 그러니 이제 황실을 버려야 할 때입니다. 우리가 언제 대국을 섬기지 않은 때가 있었습니까? 원나라가 명나라로 바뀌고, 명이 청으로 바뀌고, 청이 다시 일본으로 바뀌었을 뿐입니다. 우리 조선은 대국을 섬길 때 오히려 평화롭고 따사로웠습니다. 이제 일본이 청을 대신한 것뿐입니다. 청을 섬기듯 일본을 섬기면 평화는 유지될 것입니다. 되새겨보소서. 인조대왕께서 청나라를 거부하여 어떤 일을 당했는지 역사가 알려주고 있지 않습니까? 저 굴욕의 삼전도에서 차디찬 북풍을 맞으며 무릎을 꿇고 용서를 빌며 항복을 맹세했지 않습니까? 그것도 숱한 백성의 피를 바치고, 수많은 병사의 목이 날아간 뒤의 일이었습니다. 하지만 지금은 백성도 피를 원하지 않고, 목을 내줄 병사도 없는 처지이옵니다. 남은 것은 오직 폐하께서 입고 계신 허울 좋은 황제의 옷뿐입니다. 그 옷만 벗어버리면 모든 것이 순조롭게 될 것입니다. 평화가 올 것입니다. 백성은 무지몽매함에서 벗어날 것입니다. 일본의 발달된 문명과 앞선 학문이 강산을 덮을 것입니다. 폐하, 제발 이제 그 옷을 벗어던지십시오. 그래서 백성을 구하소서."

"경도 황실의 일원이다. 경이 어마님을 생각한다면 어찌 내게 이런 말을 할 수 있는가? 경이 누구 덕에 지금의 영화를 누리고, 누구 덕에 목구멍에 기름진 음식을 넣는가? 경도 한때는 충신을 자처하고 왜인들을 적으로 삼지 않았는가? 어찌하여 변절의 길을 가면서 내게 변절을 강요하고, 사직과 종사를 승냥이의 입에 처넣으라고 하는가? 그대의 꼴을 보고 있으면 간이 뒤집어지고, 창자가 곤두선다. 그 뻔뻔하고 더러운 얼굴을 보고 싶지 않다. 내 앞에서 사라지라."

그렇게 민병석을 내쫓자, 통감 데라우치가 찾아왔다. 이완용과 민병석이 모두 그자의 사주를 받고 왔음을 그제야 확인할 수 있었다. 데라우치는 이토와 달리 말이 많지는 않았다. 이토는 나를 설득하고 뭔가 가르치려 했지만, 데라우치에겐 설득의 개념 같은 것은 없었다.

"폐하, 우리 일본인은 항복을 권유할 땐 말로 하지 않고 칼로 합니다. 그러면 항복한 자는 칼로 자신의 배를 가릅니다. 이를 할 복이라고 합지요. 패자가 할복하면 승자는 수하를 시켜 할복한 자의 목을 내리칩니다. 빨리 절명시켜 고통을 줄여주려는 것이지요. 그것이 일본에서 승자가 패자에게 베푸는 아량입니다."

데라우치는 그 말만 남기고 가버렸다. 그때 나는 데라우치의 눈에서 일본 낭인들의 살기를 보았다. 을미년에 경복궁을 덮쳤던 그 낭인들의 눈빛이었다. 나를 꼼짝 못하게 만들었던 낭인들의 살기였다.

데라우치는 살쾡이 같은 자였다. 그자는 표정을 보이지 않았다. 늘 어둠 속에 자신을 숨기고 있다가 한순간에 날아들어 발톱을 휘두르는 자였다. 택영 형제가 그자의 발톱이 되어 내게 날아들었다.

"폐하, 데라우치 통감은 이토와 다른 위인입니다. 데라우치에겐 회유와 협박 같은 것은 없습니다. 오직 칼날만 있습니다. 폐하께서는 그 칼날을 받아낼 힘이 없습니다. 그 칼날에 대적할 칼도 없습니다. 폐하께 남은 것은 그저 칼날에 희생될 몸뿐입니다. 그 칼에 몸을 맡기겠습니까?"

윤택영의 말이었다. 나는 아무 말도 하지 못했다. 그저 살아남아야 한다는 아바님의 목소리만 메아리쳤다.

"폐하, 을미년의 그 서슬 퍼런 칼날을 기억하지 못하십니까? 폐하께서도 보시지 않았습니까? 그렇게 시신도 없는 불귀의 객이 되고 싶은 것입니까?"

그때 차라리 시신도 없는 불귀의 객이 되는 편이 좋았다. 데라우치의 칼날에 목이 달아나는 편이 나았다. 이제 막 움직이기 시작한 열차와 함께 흔들리면서 윤덕영의 말들을 되씹었다. 달리는 열차에서 뛰어내리는 상상도 해보았다. 창문을 열고 그 사이로 몸을 던진다면 열차 바퀴로 빨려들 것이라는 생각이 들었다. 내 몸이 육중한 바퀴에 갈려 철길에 산산이 흩어지는 장면이 스쳐 갔다. 열차가 속도를 내기 시작하자, 창으로 다가갔다. 하지만 침실 창은 붙박이였다.

주먹으로 창을 몇 번 치자, 주먹이 아렸다. 창에서 물러나 의자에 털썩 앉았다. 무슨 소리를 들었는지 조 상궁이 들어왔다. 연이어 모리 형사도 따라붙었다. 부무관장 이병무도 들어오고, 하시모토 경찰서장도 뒤따랐다.

"무슨 일이 있으십니까?"

"아무 일도 없네."

모리 형사는 주변을 잠시 둘러보더니 목례를 하고 나갔다. 조 상궁이 불안한 표정으로 물었다.

"폐하, 죽이라도 올릴까요?"

"생각 없네. 허기도 없는데 먹어 뭐 하겠는가?"

"허기가 없어도 자셔야 합니다. 소인이 전복죽을 받아뒀으니, 올리겠습니다."

"그만두게."

말은 그렇게 했지만 허기가 심하게 밀려왔다. 배가 뒤틀리고, 배에서 가슴으로 뭔가 치고 올라오는 느낌이었다. 내겐 이미 익숙한 일이었다. 일각쯤 견디면 사라질 통증이었다. 나흘이나 허기에 시달리며 먹지 않은 적도 있었다.

이완용과 데라우치가 병합조약을 맺었다는 말을 들은 지 이레쯤 지났을 때였다. 민병석이 일본 황제에게 통치권을 이양하는 내용의 조서를 꾸며 가지고 왔다.

황제는 다음과 같이 말한다.

짐이 부덕하여 위대한 업을 이어받아 황위에 오른 이후 오늘에 이르도록 누차에 걸쳐 유신을 도모하고 시험하려 하였으나, 허약한 것들이 축적되어 고질적인 병폐가 극에 이르렀다. 그리하여 이를 만회할 시책을 얻을 수 없으므로 그 우려가 참으로 깊다. 이에 차라리 큰 소임을 남에게 맡겨 온전하게 만들 방법과 혁신할 여력을 갖추는 것이 오히려 나으리라 생각했다.

짐은 결연히 스스로를 반성하고 확실히 결단하여 한국의 통치권을 믿고 의지하여 이웃나라 일본 황제 폐하에게 양여하고자 한다. 그리하면 밖으로 동양의 평화를 다지고 안으로는 팔도의 민생을 보전하게 되리라 믿는다.

그대들 대소 신민들은 나라의 정세와 현실을 깊이 살펴서 번거로운 소란을 일으키지 말고 각자의 직업에 충실하여 일본 제국의 개화된 문명과 새 정치에 복종하여 행복을 누리도록 하라.

짐의 오늘 이 조치는 그대들 민중을 잊음이 아니라 민중을 구원하려고 하는 지극한 뜻에서 나온 것이니, 신민들은 짐의 뜻을 능히 헤아리라.

조서의 문안을 보고 아무 말도 하지 않았다. 이완용이 이대로 발표하면 좋겠냐고 물었지만 가타부타 말을 하지 않았다. 이후 나흘 동안 곡기를 끊었다. 아무것도 먹고 싶지 않았다. 끼니 때만 되면 어김없이 허기는 밀려왔다. 인간의 몸이란 참 간사했다. 머리로는 아무것도 먹지 말아야겠다고 다짐했지만 배고픔은 머릿속을 온통 음식으로 채웠다. 어릴 때부터 좋아하던 약과가 먹고 싶었다. 절편도 떠올랐다. 식혜 한 사발이 너무 그리웠다. 하지만 입술을 깨물며 버텼다.

단식 나흘째 되던 날에 일본에서 칙사가 왔다. 칙사로 온 자는 이나바 시종이라고 했다. 그는 나를 황제에서 강등하여 이왕(李王)에 봉한다는 조서를 가지고 왔다. 데라우치는 황족이 아닌 시종이 칙사로 온 것에 대해 불만스러워 했지만 나는 아무래도 상관없었다. 황족이든 시종이든 내겐 승냥이 무리일 뿐이었다.

이나바는 기병 2개 소대의 호위를 받으며 창덕궁으로 들어섰다. 궁중의 관료들을 대동하여 돈화문까지 마중을 나갔다. 날씨는 무덥고 햇살은 따가웠다. 현기증이 일고 다리가 떨렸다. 거추장스런 연미복을 모두 벗어던지고 싶었다. 온몸에 진땀이 났다. 이마에선 땀이 줄줄 흘렀다.

돈화문 앞에서 칙사를 맞이했다. 고개만 숙여도 몸이 휘청거렸다. 부축하던 조 상궁과 김 상궁이 토끼 눈을 하고 가까스로 나를 붙잡았다.

인정전에서 금으로 장식한 테이블을 가운데 두고 이나바와 마주보고 앉았다. 이나바의 얼굴엔 생기가 돌았다. 데라우치 총독은 못마땅한 얼굴로 인상을 찌푸린 채 앉아 있었다. 그 옆으로 야마가타 정무총장과 아카시 경무총장이 굳은 표정으로 동석했다. 나는 그들을 무심히 바라보기만 했다. 궁내대신 민병석이 내게 무슨 말인가 하려고 하다고 입을 다물었다. 시종원경 윤덕영과 시종무관장 이병무도 아무 말도 없었다.

책봉식은 식순에 따라 진행되었다. 나는 고개를 숙이라 하면 숙였고, 앉으라 하면 앉고, 서라 하면 섰다. 이나바는 금빛 바탕에 국화 문양이 새겨진 상자를 열어 일본어로 책봉 조서를 읽어내렸다. 이내 고쿠부가 우리말로 다시 읽었다. 아무 소리도 들리지 않았다. 그저 귓속에 벌레가 가득한 느낌이었다. 벌레는 끊임없이 내 귀를 파먹고 있었다.

식장엔 무거운 침묵만 감돌았다. 데라우치도 나처럼 빨리 식이 끝났으면 하는 눈치였다. 평소 같으면 가식적인 웃음이라도 흘릴 그였지만 입을 굳게 다물고 있었다. 이나바도 더 이상 웃음을 물고 있지 않았다. 오히려 겁먹은 표정이었다. 누군가가 식장으로 뛰어들어 비수를 날릴지도 모른다는 불안감이 있는 듯했다. 사무관들도 잔뜩 긴장한 자세였다. 아무도 움직이지 않았다. 박수도 없었다. 헛기침도 없었다.

이나바가 가져온 상자는 매우 길었다. 가로는 삼 척이 넘었고, 세로는 반 뼘 정도 되었다. 나는 그 상자를 탁자 위에 올려놓고 무심히 바라보았다. 이나바는 내게 무슨 말인가 하였지만, 나는 상자만 바라보았다.

식이 끝나고 동행각에서 축하연이 있었다. 다들 샴페인을 들고 웅성거렸다. 나는 그저 잔만 들고 한곳에 가만히 서 있었다. 이나바가 다가와 잔을 높이 들어보였지만, 나는 그저 그를 쳐다보기만 했다. 윤덕영과 민병석이 다가와 무슨 말씀이든 하시라고 했지만, 나는 그들을 쏘아보기만 했다. 그들은 슬슬 뒷걸음질하며 일인 관료들 속으로 사라졌다.

이나바가 인정전을 빠져나간 뒤에 나는 답례차 총독 관저를 방문해야 했다. 관저를 찾아갈 때 내 의상을 두고 말이 많았다.

이제 황제복을 벗어야 한다는 말이었다. 하지만 나는 벗지 않았다. 일인들도 강요하진 않았다.

창덕궁을 나서자, 가랑비가 내렸다. 바람도 조금씩 불었다. 뒤따르는 상궁과 내시들 속에서 훌쩍거리는 울음소리가 들렸다. 뒤따르는 내시들 대부분은 궁 밖으로 쫓겨날 것이고, 늙은 상궁들은 모두 밀려날 것이다. 맑던 하늘이 갑자기 흐려져 비가 내리니, 감정이 격해졌던 모양이다. 그들뿐 아니라 내 코끝도 찡하였다. 어릴 때부터 나를 돌보던 엄 내관도 이 길이 마지막 길이었다.

나도 황제로서는 마지막 길이었다. 마차에 꽂힌 황제의 깃발도 이제 마지막이었다. 비를 맞는 깃발의 처지가 꼭 내 처지 같았다. 붉은 바지에 푸른색 상의로 된 영국식 복장을 한 근위병들이 꼭 나를 유배지로 압송하는 기분이었다.

총독 관저 정문엔 데라우치와 이나바가 나란히 서서 기다리고 있었다. 그들에게 나는 몇 가지 선물을 내밀고 관저 연회장에 들어섰다. 연회장엔 알아들을 수 없는 곡조가 울려 퍼졌고, 이나바의 선창에 따라 모두 큰 소리로 '감축'을 외쳤다.

그렇게 황제의 마지막 날을 끝냈다. 무엇을 위한 감축인지, 누구를 위한 감축인지 알 수 없었다. 돌아온 뒤에 나는 침대에 누워 꼼짝도 하지 않았다. 조 상궁이 몇 번인가 불안한 발걸음으로 들락거리더니 전의 서병효를 불러왔다. 통감부 시의 고야마 다다 시도 다녀갔다. 나는 그들에게 쉬고 싶을 뿐이니 귀찮게 하지 말라고 했다. 조 상궁은 죽을 가져와 여러 차례 권했다. 하지만 나는 손짓으로 조 상궁도 내쫓았다.

해질녘엔 이완용과 윤택영, 윤덕영이 함께 몰려왔다. 나는 자는 척 아무 대꾸도 하지 않았다. 황후 윤비는 옆에 앉아서 계속 울었다. 나는 우는 소리가 듣기 싫다며 조 상궁에게 윤비를 데려가라 했다. 윤비는 고집을 부리고 나가지 않았다. 나는 제발 홀로 있게 내버려둘 수 없느냐며 소리를 질렀다. 윤비는 놀란 듯 뒷걸음질을 쳤다.

여전히 허기가 밀려왔다. 하지만 나는 이대로 죽는 것이 낫다고 생각했다. 내겐 할복할 칼도 목을 매달 밧줄도 없었다. 내가 할 수 있는 것은 곡기를 끊는 것이 유일했다. 더 이상 살 이유는 없었다. 나라도 잃고, 백성도 잃고, 황위도 잃었다. 나를 위해 울어줄 신하도, 나를 위해 죽어줄 수하도 모두 잃었다. 내게 남은 것은 지치고 병든 육신뿐이었다. 그 육신만이 내가 가진 전부였다. 육신만이 내가 가진 마지막 무기였다. 그것은 내게 남은 유일한 비수이며 밧줄이었다.

얼마나 굶으면 죽을 수 있을까? 그런 생각을 하자, 세자 시절에 미행 나갔다가 보았던 죽은 거지가 떠올랐다. 악취 때문에 가까이 다가가지는 못했지만, 멀리서도 그 모습은 썩어 문드러진 한 마리 짐승에 다름 아니었다. 어린 시절에 후원에서 보았던 목 없는 비둘기의 사체도 떠올랐다. 고양이가 목을 잘라 먹고, 쥐들 이 내장을 파먹은 비둘기의 사체 앞에서 나는 비명을 질러댔었 다. 내 육신도 그때 그 거지처럼 썩어질 게 분명했다. 그 비둘기 처럼 내장을 뺏기고 목을 내줄 게 틀림없었다. 하지만 그런 것은 두렵지 않았다. 문제는 오히려 허기였다. 죽음보다 허기를 이길 수가 없을 것 같았다.

그때서야 나는 데라우치의 말이 실감났다. 할복한 자의 숨을 끊어주는 것은 승자의 아량이라고 한 말이 거짓이 아님을 알았 다. 죽음보다 고통스런 것은 죽음 자체가 아니라 죽음의 과정이 었다. 굶어 죽는 자의 고통은 죽는 것이 아니라 굶는 것임을 깨 달았다.

어둠이 내려앉은 뒤에 윤비가 엄비와 부황을 모셔왔다. 엄비는 울음 섞인 음성으로 곡기를 들어야 한다고 애원했다. 그러나 아바 님은 주위를 모두 물리고선 잔잔한 말투로 내 이름을 불렀다.

"척아!"

"네, 아바님."

나는 누운 채로 대답했다. 일어나려 했으나 아바님은 그대로 누워 있으라고 하셨다. 일어날 기운도 없고 하여 아바님 말씀을 따랐다.

　부황은 다른 말은 하지 않고 고사 하나를 들려주었다. 언젠가 상서에서 보았던 것 같기도 했고, 누구에겐가 들었던 이야기 같기도 했다.

　"하나라에 태강이라는 왕이 있었다. 태강은 사치와 여색에 빠져 동국의 유궁국 장수 한착에게 나라를 빼앗기고 죽었다. 그래서 태강의 동생 중강이 다른 나라로 도망을 가서 숨어 지내며 왕위를 이었는데, 결국 한착이 중강을 찾아내서 죽이고 말았지. 중강이 죽자, 그의 아들 상이 왕위를 이었는데, 상마저도 한착의 군대에 발각되어 죽었어. 하지만 그때 상의 아내가 임신을 하고 있었는데, 남편이 살해되는 동안에 개구멍으로 기어나가 목숨을 구했지. 그리고 다른 땅으로 도망을 가서 아들을 낳았는데, 바로 소강이었다. 소강은 장성하여 어느 제후의 땅에서 말을 돌보는 목동으로 살았지. 그런데 한착이 소강의 존재를 알고 다시 군대를 보내 죽이려 하자, 소강은 다른 제후의 땅으로 달아나 그곳에서 요리사로 살았어. 소강은 그곳에서 제후의 딸과 결혼하여 세력을 키우고, 주변 제후들과 힘을 합쳐 한착을 공격했어. 그리고 마침내 나라를 되찾고 왕조를 다시 일으켰다."

　부황께선 그 이야기를 하고 한참 동안 말없이 나를 바라보셨다.

"척아, 나는 이 이야기를 읽고 러시아 공사관으로 몸을 피했었다. 내가 살아만 있다면 언젠가는 국력을 회복할 날이 있을 것이라는 희망을 품고 있었지. 하지만 나는 나라를 지키지 못했다. 그러나 내가 살아 있는 것은 이유가 있다."

부황께서 내 손을 부여잡고, 내 눈을 바라보셨다.

"척아, 내가 이렇게 나라를 잃고도 살아서 꿈틀대는 것은 바로 너와 은이가 있기 때문이다. 너와 은이는 내 생명줄이야. 비록 내가 죽어도 너희가 있어 대한의 황실은 살아날 것이라는 희망이 내겐 있어. 세상의 모든 아비에게 가장 큰 무기는 바로 자식이다. 내겐 너를 포함한 모든 자식이 나의 유일한 무기다. 세상의 그 어떤 무기보다도 힘 있는 무기는 바로 생명이다. 그 어떤 것보다 끈질긴 것이 바로 목숨이다. 나의 목숨이 다하면 너의 목숨이 있고, 너의 목숨이 다하면 은이의 목숨이 있다. 은이의 목숨이 다하면 은이의 자식에게 희망을 걸 수 있다. 그러니 살아남아야 한다. 목숨을 지켜야 한다. 숨이 끊어지는 그날까지 똑똑히 두 눈 부릅뜨고 적들에게 너의 숨소리를 들려줘라. 그 숨소리만으로도 적들은 두려워할 것이다. 그러니 너의 숨소리는 대한의 칼이요, 창이요, 총이요, 대포다. 을미년에 적들이 네 어머니의 숨소리를 끊은 것은 바로 그 두려움 때문이었느니라."

나는 고개를 들 수가 없었다. 아버지보다 먼저 숨을 끊으려 한

죄책감에 아무 대꾸도 할 수 없었다.

"척아, 너는 적어도 아직 아비가 있지 않느냐? 너는 적어도 아직 너의 땅에 있지 않느냐? 너는 이국을 전전하거나, 이국의 마굿간에서 잠을 자거나, 이국에서 밥을 구걸하는 것도 아니다. 너에게는 아직도 수많은 형제와 신민이 있다. 그들은 지금 숨죽이고 있지만, 그들은 지금 겁에 질려 있지만, 그래서 죽은 듯이 보이지만, 그들은 모두 숨을 쉬고 살아 있다. 그리고 때로 떨쳐 일어나 적들의 가슴을 비수로 찌르고 있다. 안중근을 잊었느냐? 이토의 심장에 총구를 낸 대한의 장군 안중근을 잊었느냐? 그렇게 대한의 백성은 모두 시퍼렇게 살아 있다. 너는 살아 있는 것만으로도 신민의 희망이 될 수 있다. 모두 지금 너에게 희망을 걸고 있다. 너의 숨소리 하나하나가 바로 그들의 희망이며 목숨줄이다. 네가 먹는 밥은 곧 모든 신민의 밥이며, 네가 마시는 공기는 모든 신민의 공기다. 그러니 너의 목숨은 모든 백성의 목숨이다. 또한 너의 목숨은 나의 목숨이며, 은이의 목숨이다. 너는 살아 있는 것만으로도 할 일을 다하는 것이다. 살아 있는 것만으로도 희망이 될 수 있다. 나는 너 없이는 살 수 없다. 그러니 네가 죽으면 곧 나도 죽을 것이다."

"소자가 사려 깊지 못했습니다, 아바님!"

부황께서 손수 죽을 떠서 내 입에 넣어주셨다. 나는 한 숟가

락도 놓치지 않고 다 받아먹었다. 내가 죽을 다 먹자, 부황께선 내게 정좌하라 하시더니, 갑자기 절을 올리셨다. 나는 어쩔 줄을 몰라 했지만, 부황께선 기어코 네 번의 절을 마치고 말 없이 덕수궁으로 돌아가셨다.

가파른 산들이 창가를 스쳐갔다. 돌아서던 부황의 뒷모습이 산이 되어 되살아났다. 부황의 어깨는 처지고, 등은 휘었고, 허리엔 군살이 늘었다. 걸음걸이는 지친 듯 흔들렸다. 열두 살의 어린 나이에 즉위하여 45년 동안 갖은 풍파를 다 겪은 육순의 지친 노구였다. 할아바님과 어마님, 척사와 개화, 일본과 청, 러시아와 서구 열강의 틈바구니에서 왕권과 용상을 내주고 이제 뒷방으로 밀려난 힘없는 노인이었다. 그럼에도 내겐 늘 크기를 가늠할 수 없는 병풍이었고, 높이를 알 수 없는 산이었고, 끝도 보이지 않는 바다였다.

무릎을 꿇고 창문을 향해 절을 올렸다. 흔들리는 몸을 가까스로 추스르며 네 번의 절을 마쳤다. 코끝이 아렸다. 목구멍이 울컥거리고, 가슴이 차올랐다. 입술을 깨물고, 주먹을 감아쥐었다.

조 상궁을 불러들였다.

"가서 죽을 가져오라!"

가족

　부산에 도착하여 철도여각에 투숙하니, 일몰을 몇 시간 앞둔 때였다. 여각에서 멀지 않은 곳에 백사장이 있다 했다. 그곳을 거닐고 싶다 했더니 부무관장 이병무가 부무관 셋을 이끌고 안내했다. 하시모토 경찰서장과 모리 형사도 따라붙었다. 헌병 1개 소대가 주변을 에워싸고 있었다.

　바다는 잔잔하고 아득했다.

　8년 전에 보았던 바다는 마치 한 마리 미친 황소처럼 날뛰었다. 이토는 그 거친 바다를 보며 눈을 감은 채 두 팔을 벌리고 바람을 들이마시는 시늉을 했다. 고향의 냄새라고 했다. 일본의 냄새라고 했다. 그 옛날 그악스런 몽고의 창칼을 막아준 신의 바람이라고 했다. 저 미지의 우주로부터 새로운 씨앗을 안겨다주는 생명의 바람이라고 했다. 저 구라파의 개화된 문명을 싣고 온 희망의 바람이라고 했다.

　하지만 내겐 그저 무서운 칼바람이었다. 일인의 잔혹하고 광기 어린 침략의 피바람이었다. 먹이를 노리고 덤벼드는 굶주린 승냥이 떼의 아우성이었다.

　이토는 그 승냥이 떼를 이끌고 나를 향해 진격 명령을 내렸고, 나는 공포에 질려 떨었다. 작아질 대로 작아진 몸을 잔뜩 움츠리고 옷깃을 세워 얼굴을 가렸다. 승냥이 떼의 날선 이빨을 보고 싶지 않았다. 그 입에 묻은 나의 피를 보고 싶지 않았다. 갈기갈기 찢겨 달아난 나의 몸뚱이를 보고 싶지 않았다. 그저 눈을 가리고 몸을 숨길 곳만 찾고 싶었다. 그럴수록 이토는 더욱 크게 팔을 벌리고 통쾌한 웃음을 쏟아냈다.

하지만 그는 죽고 나는 살았다. 그는 먹이를 통째로 삼키다가 그만 날카롭고 치명적인 뼈다귀에 심장을 찔려 절명했다. 이토가 죽었다는 소식을 듣고 아바님은 아무 표정도 짓지 않으셨다. 오래 살아남는 자가 이긴다는, 이긴 자가 살아남는 것이 아니라 살아남는 자가 이긴 것이라는 아바님의 말씀이 옳았다. 나는 그렇게 믿고 싶었다.

백사장을 걸었다. 처음엔 파도에 다리를 적실까봐 마른 모래 위를 걸었다. 하지만 물기 없는 백사장에선 발이 빠지고 자주 헛발을 디뎠다. 모래가 끊임없이 구두 속으로 파고드는 바람에 계속해서 신을 벗고 모래를 떨어내야만 했다. 그러다 파도에 더 근접하여 물기가 묻은 곳으로 걸어보았다. 물기가 남은 곳은 발이 빠지지 않았고, 구두 속으로 모래가 들어오지도 않았다. 하지만 불규칙적으로 밀려오는 파도에 발이 젖었다. 결국 나는 신과 양말을 모두 벗어던지고 맨발로 걸었다. 그러니 파도의 느낌이 좋았다. 찰랑대며 발을 간질이는 느낌이 좋았고, 더 이상 피할 필요가 없는 것도 좋았다.

　바지를 걷어 올리고 바다를 바라보며 한곳에 가만히 서보았다. 지평선 멀리 뭉게구름이 하얗게 피어올랐다. 구름은 마치 저녁을 먹기 위해 모인 가족들 같았다. 그 아래로 펼쳐진 바다는 거대한 청동거울처럼 보였다. 그 거울에 비칠 내 모습을 상상해보았다. 영락없이 전장에서 패배하여 끌려가는 포로의 모습이었다.

　몇 발 더 바다 쪽으로 걸어 들어갔다. 그 모습을 보고 부무관들이 놀란 얼굴로 내게 바짝 다가섰다. 나는 손을 들어 괜찮다는 표시를 했다.

　겨우 몇 걸음 안쪽으로 들어갔을 뿐인데, 처음 바다 냄새를 맡았을 때의 역겨움이 감쪽같이 사라졌다. 금방 파도에 휩쓸려 갈 것 같은 두려움도 사라졌다. 오히려 포근하기까지 했다.

　그동안 너무 몸을 사렸다는 생각이 들었다. 부서지든 깨어지든 부딪쳐봐야 했다. 돌아보면 어리석음의 연속이었다. 바다에 들어가 보지도 않고 파도가 무서워 가까이 다가가길 꺼렸다. 민생을 제대로 알기도 전에 백성의 삶에서 풍기는 악취만 생각하고 물러서기만 했다. 바다는 그저 먼발치에서 바라보기만 해야 할 대상으로 여겼다. 파도는 공포의 대상이기만 했다. 하지만 막상 바다에 발을 넣고 파도를 느껴보니, 안락하고 시원했다.

　멀지 않은 곳에 어선 몇 척이 느리게 지나갔다. 갈매기들이 어선 주위를 빙빙 돌았다. 자세히 보니 어부들이 갈매기를 향해 뭔가를 던져주고 있었다. 아마도 쓸모없는 작은 생선을 던져주는 모양이었다. 갈매기들은 경쟁적으로 그것들을 낚아채며 고깃배 주위를 떠나지 않았다. 어부들은 고기잡이를 나갔다가 돌아오는 것이 분명했다. 이제 그들이 집으로 돌아가면 아내와 아이들이 나와 반갑게 맞아줄 것이다. 나라는 망해도 가족은 망하지 않는다는 생각이 들었다.

아, 그런데 내게도 가족이 있었던가? 단 한 번이라도 가족 같은 가족을 가진 적이 있던가? 할아버지와 할머니, 어머니와 아버지, 그리고 형제자매가 한자리에 모여 따뜻한 정을 나누며 함박웃음을 한입 가득 물어본 적이 있던가? 돌아가면 언제라도 반갑게 맞아줄, 아무리 곤하고 지쳐도 돌아가기만 하면 휴식이 되는 그런 가족이 내게 있던가? 혹 어마님이 살아 돌아오신다면 모를까.

어쩌면 어마님만이 나의 유일한 가족이었는지 모른다는 생각이 들었다.

태어나기 전부터 나는 철저히 어마님의 보호를 받아야만 살 수 있었다. 어마님은 나를 잉태하자마자 아들임을 직감하고, 대원이 할아바님과 싸울 용기가 생겼다고 하셨다. 태어나서 나흘 만에 대변이 통기가 되지 않아 허망하게 죽어버린 나의 형처럼 나를 잃고 싶지 않았다 하셨다. 형이 항문이 막힌 채로 태어난 것은 어마님이 형을 잉태하고 있을 당시에 너무나 많은 두려움과 공포에 시달렸기 때문이라고 하셨다. 무엇보다도 할아바님에 대한 공포가 가장 큰 원인이라고 단정하셨다. 그래서 나를 잉태했을 땐, 마음을 단단히 잡수시고 공포를 용기로 바꿔 할아바님과 싸울 힘을 길러야 한다고 다짐했다 하셨다. 힘을 길러서 할아바님을 꺾지 못하면 나도 형처럼 허망하게 죽어버릴 게 분명하다고 판단했다 하셨다.

어마님은 나를 지키는 일이면 상대가 노론이든 소론이든, 북인이든 남인이든 가리지 않으셨다. 심지어 할아바님의 형제와 운현궁 할마님에게까지 손을 내밀었고, 유림이든 개화파든 가리지 않고 편으로 만드셨다. 그렇게 어마님은 나를 잉태한 지 7개월 만에 창덕궁의 할아바님 전용 문을 폐쇄하는 데 성공하셨다. 대못으로 꽝꽝 박아 할아바님의 출입문을 폐쇄한 뒤에 어마님은 배를 쓰다듬으며 내게 말씀하셨다.

너는 절대로 형처럼 허망하게 보내지 않으리라. 너는 반드시 이 조선의 위대한 군주가 되어야 한다. 나는 반드시 그렇게 만들 것이다. 이 어미는 너를 위한 일이라면 지옥불이라도 뛰어들 것이고, 그 어떤 거센 바람과 물결과도 싸울 것이다. 아들아, 그러니 아무 걱정 말고 건강한 몸으로 태어나주렴.

나는 어마님의 그런 염원을 안고 태어났다. 하지만 어마님은 나를 얻은 대신 감고당 외할마님을 잃으셨다. 내가 태어난 지 9개월 되던 때에 외할마님과 외숙, 나의 외사촌이 불귀의 객이 되고 말았다. 폭탄이 터져 육신이 산산조각이 나고, 집이 붕괴되었다. 어마님은 외할마님의 생명을 앗아간 원흉이 곧 할아바님이라고 말씀하셨다.

어마님은 어린 내게 늘 할아바님을 가까이 하지 말라 하셨다. 할아바님은 나의 살과 피를 앗아가고, 씨앗을 끊어놓을 사람이니 절대로 할아바님을 믿지 말라 하셨다. 그 어떤 순간에도 권력에 대한 집착을 버리지 않을 노인이니, 절대로 방심하지 말라 타이르셨다. 그 때문에 나는 곧잘 할아바님이 나를 죽이려는 꿈을 꾸곤 하였다. 할아바님은 꿈속에 늘 내 팔과 다리를 노리고, 내 고샅을 칼로 도려내려 하였다. 그러면 나는 온몸을 웅크리고 고샅을 두 손으로 꼭꼭 움켜쥔 채 비명을 지르다가 깨어나곤 하였다.

어마님께 그런 악몽을 꾸었다고 고하면, 어마님은 나를 무릎에 앉히시고 이렇게 달래주셨다.

척아, 너에겐 할아바님보다 훨씬 강한 어미가 있잖니. 너의 할아바님은 이제 늙은 노인네에 불과하단다. 이빨이 다 빠져버린 늙고 병든 호랑이와 진배없단다. 이제 겁먹을 필요가 전혀 없단다. 이 어미가 너를 지켜주고 있는데, 무엇이 두려우니.

하지만 어마님은 방심하셨다. 할아바님은 늙고 병들어 뒷방에 물러나 있던 늙은 호랑이만은 아니었다. 서슬 퍼런 칼날을 품에 감추고 언제든 나와 어마님의 목줄을 끊으려고 벼르던 음흉한 맹수였다. 임오년에 총과 칼을 앞세우고 들어와 그 맹수 같은 이빨을 드러내며 포효하는 할아바님을 나는 공포에 질린 눈으로 바라봐야만 했다. 요행히 어마님이 무덤에서 다시 살아나 할아바님을 저 멀리 보이지 않는 청국으로 보내버린 뒤에도 할아바님은 여전히 내겐 가장 무서운 맹수로 남아 있었다.

그 때문에 나는 할아바님이 청국에서 늙고 병든 몸으로 돌아왔을 때도 여전히 두려웠다. 불안하고 초조했다. 무슨 수를 써서라도 어마님의 목숨을 앗아갈 것만 같은 불안감이 가시지 않았다.

그런 나의 내면을 읽어낸 어마님은 늘 말씀하셨다.

임오년엔 방심한 탓에 목숨을 잃을 뻔하였지만, 그런 일을 두 번 당하진 않을 것이야. 그러니 척아, 이 어미를 믿고 불안해하지 마라.

하지만 나의 불안감은 늘 현실로 닥쳤다. 할아바님은 청국의 영향력이 커지면 원세개와 손을 잡고 왕위를 뺏으려 하였고, 동학도가 기세를 떨치면 그들과 손을 잡고 권좌에 오르고자 하였다.

그때마다 어마님은 할아바님의 수족을 제거하고, 활동 범위를 축소시키기에 안간힘을 쓰셨다. 그 일을 위해서라면 일본과도 손

을 잡고, 러시아와도 손을 잡았으며, 심지어 미국과 프랑스의 힘
도 이용하셨다. 그러면서 내게 말씀하셨다.

척아, 할아바님은 이제 정말 우리에 갇힌 늙고 병든 호랑이니
라. 한낱 종이호랑이니라. 종이호랑이를 두려워할 것이 뭐 있겠느
냐.

아, 그것은 어마님의 또 한 번의 크나큰 방심이었다. 할아버님
은 종이호랑이에 불과했지만, 어마님의 목숨을 노리는 자들에겐
그 종이호랑이가 여전히 아주 요긴한 창이요, 칼이었다. 어마님
은 그 점을 간과하셨다.

을미년의 그날, 그 스산한 가을날 밤, 핏빛 단풍이 하늘을 찔
러 붉게 물들이던 날, 할아바님과 결탁한 한 떼의 승냥이 무리
가 살기 어린 눈을 번뜩이며 건청궁으로 날아들어 어마님의 목
숨을 앗아갔다고 했을 때, 나는 또 한 번 임오년의 그때처럼 어
마님이 살아 돌아오실 줄 알았다. 내게 있어 어마님은 이미 귀신
이었다. 죽었다가 무덤에서 되살아난 불사신이었다. 그렇기에 어
마님의 죽음을 믿을 수 없었다. 내게 있어 어마님은 죽음을 모르
는 분이셨다. 틀림없이 어디선가 살아서 때를 기다리다가 임오년
에 그랬던 것처럼 내 앞에 나타나실 거라 믿었다. 어마님의 시신
이 발견되지 않은 사실만으로도 나는 그렇게 굳게 믿었다.

하지만 아무리 기다려도 어마님은 돌아오시지 않았다. 어마님

의 자리엔 다시 할아바님이 앉았고, 나와 아바님은 야음을 틈타 러시아 공사관으로 달아나야만 했다. 그곳으로 달아나면서 나는 혹 어마님이 러시아 공사관에 몸을 숨기고 계실지도 모른다는 일말의 희망을 품고 있었다. 그러나 희망은 희망일 뿐, 어마님은 아직도 돌아오시지 않으셨다.

고깃배는 점점 시야에서 멀어져갔다. 이제 가족의 품으로 돌아간 것이리라. 할 수만 있다면 나도 그 고깃배를 타고 어마님의 품으로 돌아가고 싶었다. 저 바다, 저 섬 어디에 숨어서 돌아올 기회를 엿보고 계실 어마님을 다시 만나고 싶었다.

나는 모래를 한 움큼 뭉쳐 바다 멀리 던져보았다. 모래는 채 바다에 닿기도 전에 공중에서 흩어져 알갱이로 떨어졌다.

몇 번이고 모래를 뭉쳐 던져보아도 결과는 같았다. 나의 가족은 그렇게 모래처럼 산산이 흩어져버린 게 분명했다.

나는 소리를 내어 한참 동안 웃었다. 옆에 있던 부무관들이 어리둥절한 표정으로 급히 다가왔다. 부무관들의 급한 발걸음을 따라 헌병대원들도 달려왔다. 나는 개의치 않고 더 큰 소리로 웃었다.

3장

겐카이나다

　다음 날, 조반을 들고 전의 서병효에게 뱃멀미를 완화시킬 수 있는 약을 가져오라고 했다. 서병효는 한약으론 멀미를 완화시킬 수 없고, 양약에는 그런 약이 있을지도 모른다고 했다. 그래서 총독부 시의에게 양약을 구해오라고 해서 먹고, 항구로 향했다.

　부산항에 정박하고 있던 군함은 히젠(肥前)이라는 이름의 거대한 함선이었다. 히젠호는 원래 러시아 군함이었는데, 러일 전쟁 때 빼앗아 히젠으로 이름을 바꿨다고 했다. 히젠 말고도 두 대의 구축함이 바다에 떠 있었다.

　이토와 함께 군함을 처음 봤을 땐, 위압감 그 자체였다. 낯설고 두렵고 어지러웠을 뿐이다. 그래서 몇 번이고 다짐했다. 이번엔 절대 위축된 모습을 보이지 않으리라. 제아무리 큰 군함이라도 결국 사람이 만들고, 사람이 움직이는 것이다. 이토도 그런 자 중에 하나였다. 수많은 함대를 말 한마디로 움직일 수 있었던 그였다. 그러나 군함을 호령하던 이토도 세 발의 총탄을 맞고 불귀의 객이 되었다. 그것도 단 한 사람에게 목줄을 내줬다. 세 발의 총탄이 이토의 육신을 꿰뚫는 동안 이토에겐 수십 척의 군함이 무용지물이었다.

중요한 것은 사람이지, 군함 따위가 아니다. 진정한 힘은 사람에게서 나오는 것이지 무기에서 나오는 것이 아니다. 무기가 없다면 사람이 무기가 되면 되는 것이다. 단 한 자루의 칼도, 심지어 과도 하나도 가지지 못했지만, 내겐 그래도 몸이 있다. 내겐 그래도 다시 대한을 일으켜 세울 정신이 있다. 그리고 나에겐 지켜야 할 가족이 있다. 지켜야 할 백성이 있다. 그들을 분노케 하면 일본은 무너질 것이다. 백성 안중근의 분노가 총탄이 되어 이토의 심장을 뚫고 목줄을 끊어버리지 않았는가. 이토의 가슴뿐 아니라 이 거대한 군함도 우리 백성의 분노 앞에 언젠가 한 줌의 재가 되고 말 것이다.

나는 뱃머리에 서서 히젠호 앞뒤를 호위하며 나아가는 구축함을 번갈아 쳐다보며 다짐했다. 히젠호의 거대한 돛이 펴졌다.

굵은 선율의 뱃고동 소리가 울려 퍼지고, 굴뚝에선 연기가 솟구쳐 올랐다. 배가 움직이기 시작했다.

히젠호는 점점 먼 바다로 나갔다. 말 그대로 망망대해였다. 바다 외에는 아무것도 보이지 않았다. 막상 그렇게 되자, 그렇게 거대하게 보였던 함선도 한낱 통나무처럼 작게 느껴졌다. 바다 위에서 가끔 만난 작은 어선들은 마치 가랑잎처럼 떠다녔다. 수평선 외에는 아무것도 볼 수 없었다. 이대로 가면 정말 육지가 나올까 싶었다.

선상에서 짠 바람을 맞으며 오랫동안 수평선을 바라보았다. 멀리 안개 속에 희미하게 섬들이 보일 듯 말 듯하였다. 섬이 보이자, 파도가 거칠어졌고, 배의 흔들림도 심해졌다.

그때 하세가와가 다가와 말했다.

"우리 일본인은 이 바다를 겐카이나다(玄界灘)라고 합니다. 깊이를 알 수 없는 검은 세계의 여울이라는 뜻이지요. 이곳은 파도가 세고, 곳곳에 암초가 많습니다. 또한 암초 사이로 여울이 많아 자칫하면 배가 물살에 휘말릴 수도 있는 곳입니다. 하지만 우리 일본 해군은 겐카이나다를 손금 보듯이 훤히 꿰뚫고 있으니, 전하께서는 근심하지 않으셔도 됩니다."

하세가와는 턱을 당기고 어깨를 펴는 시늉을 했다. 일본에 대한 자랑을 늘어놓을 때면 자신도 모르게 드러내는 버릇이었다.

나는 그 어깨를 짓눌러버리고 싶었다.

"우리 대한의 바다에도 여울이 많습니다. 특히 남해에 명량이라는 거센 여울이 있는데, 선조 대 임진년에 그곳에서 충무공 이순신이 열 배도 넘는 일본 해군을 수장시켰다는 기록을 본 적이 있습니다."

하세가와의 인상이 일그러졌다. 하지만 나는 말을 멈추지 않았다.

"일본은 섬나라이기에 수전에 능하고, 그런 까닭에 역사적으로 뛰어난 수군 장수가 많을 법도 한데, 조선의 충무공에 비견할 만한 인물이 있는지요?"

"이순신은 저도 잘 알고 있습니다. 대단한 장수입니다. 하지만 만약 지금의 일본 해군력이라면 이순신 같은 자가 수백 명 있다고 하여도 일격에 물리칠 수 있다고 자부합니다. 중요한 것은 과거가 아니라 현재입니다. 조선은 언제까지 수백 년도 더 된 이순신 같은 자를 믿고 살려고 하십니까?"

하세가와는 매우 신경질적으로 반응했다. 그래도 나는 멈추고 싶지 않았다.

"일본의 해군력이 그리 대단하다면, 미국은 어떻습니까?"

"미국이라……."

하세가와가 즉답을 못 하고 망설이는 사이, 나는 말을 이어갔다.

"이미 고인이 된 이토 공이 말하길, 미국이 일본 앞바다에서 함포를 쏘며 위협할 때, 일본은 비로소 유신을 결심했다고 했습니다. 그렇다면 이제 일본의 해군력이 미국의 해군력을 능가할 정도가 된 것인가요?"

하세가와는 평소와 달리 무척 뜸을 들이다가 입을 열었다.

"비록 과거에 미국이 우리 일본을 얕보고 개항을 강압한 것은 사실이지만, 지금 우리 일본과 친밀한 관계입니다. 그러니 굳이 미국의 군사력과 우리 군사력을 비교할 필요는 없다고 봅니다."

나는 하세가와를 격분시킬 필요는 없다고 생각하고, 더 몰아치지는 않았다. 그러나 하세가와는 애써 난처한 표정을 감추며 말을 이어갔다.

"다만, 우리 대일본의 해군이 러시아의 극동 함대를 격파한 사실을 볼 때, 미국의 힘을 능가하지는 못해도 대등한 수준은 되지 않았나 생각됩니다만…… 전하께서는 어떻게 보시는지…….."

"제가 그런 것을 어찌 알겠소이까? 그저 궁금해서 물어본 것뿐이외다."

히젠호가 여러 섬들 사이로 들어서자, 파도는 더욱 거칠어졌다. 배의 흔들림이 한층 심해졌고, 그 때문에 속이 울렁거리고 현기증도 일었다.

멀미가 날 것 같았다. 나는 선실로 내려가 침상에 누웠다. 하지만 누워도 멀미 증세는 사라지지 않았다.

막상 멀미가 시작되자, 온갖 냄새들이 밀려왔다. 선실에 처음 들어갔을 때부터 계속 후각을 자극하던 이상야릇한 냄새가 가장 문제였다. 그 냄새가 무슨 냄새냐고 물었더니, 석탄 타는 냄새라고 하였다. 메스껍고 현기증이 일어나는 느낌이었다.

석탄 냄새 말고도 여러 냄새가 함께 밀려왔다. 그 냄새의 근원이 구체적으로 무엇인지 알아낼 순 없었다. 어쨌든 나는 수건으로 코를 막고, 옆으로 누웠다.

그렇게 있자니, 냄새보다 더 참을 수 없는 것이 있었다. 그것은 바로 흔들림이었다. 함선은 규칙적으로 아주 느리게 흔들렸는데, 그 때문에 현기증이 나고, 눈이 어지러웠다. 냄새는 코를 막으면 됐지만, 흔들림은 내가 어떻게 할 수 없는 불가항력의 존재였다.

그 흔들림에 시달리면서 나는 우리 대한의 현실이 꼭 이와 같다는 생각을 했다. 마치 망망대해를 떠도는 배처럼 끊임없이 흔들리는 영토에 몸을 맡기고 현기증과 구토에 시달리는 백성, 그것이 곧 우리 한국인이었다. 그 흔들림은 우리로서는 도저히 조절조차 되지 않는 불가항력의 격랑이었다. 일본, 미국, 영국, 프랑스, 독일, 러시아와 같은 열강들이 일으키는 파도에 흔들리며 바다에 빠져 죽지 않으려고 발버둥을 치다 결국 겐카이나다의 여울에 휘말려 난파하고 바다에 빠져 허우적거리는 현실이었다.

나는 계속 숨을 몰아쉬었다. 자꾸 가슴이 갑갑해오고, 공기가 부족한 느낌이었다. 그럴 때마다 선상으로 올라갔다. 선상엔 석탄 타는 냄새가 나지 않았지만, 흔들림은 더 심했다. 조 상궁이 다가와서 가까운 곳은 보지 말고, 먼 수평선만 바라보라고 했다. 그랬더니 한결 멀미가 덜했다.

멀리 보아야 한다. 바로 앞에 닥친 현실만 보지 말고 멀리 바라보아야 한다. 아바님이 내게 늘 하시던 말씀이었다. 비록 지금은 나라가 망했지만, 그래도 백성이 남아 있는 한 언젠가는 일본의 손아귀에서 벗어나 독립할 수 있을 것이라고 하셨다. 당신의 생애에 되지 않으면, 내 생애에, 내 생애에 되지 않으면 유길의 생애에, 유길의 생애에도 되지 않으면 그 아들과 손자의 생애에 반드시 독립은 이뤄질 것이라고 하셨다.

하지만 수평선이란 아무리 다가가도 잡을 수 없는 것이었다. 그것은 곧 격랑의 파도 위에서 떠날 수 없음을 의미했다. 만약에 유길의 손자와 증손자의 생애에도 독립을 이루지 못한다면, 그래서 영원히 수평선만 바라보고 사는 족속이 된다면, 그리하여 일본인에 동화되어 조선은 영원히 잊히는 국가가 된다면 어이할 것인가?

그런 생각이 들면서 구토가 시작되었다. 하세가와와 일인들이 모두 지켜보는 가운데 선상 한쪽 구석에 엎드려 모든 것을 토해냈다. 상궁들이 타구를 가져와 토사물을 받아내고, 또 받아냈다. 속에 있는 모든 것을 게워냈다. 아침에 먹은 물 한 모금과 조금 전에 하세가와에게 보였던 허세, 그리고 내 육신의 밑바닥을 가득 채우고 있던 왕족의 권위의식과 허영심까지 모두 게워냈다. 위가 목구멍까지 딸려 나오고, 간과 대장이 다 빨려 나오는 느낌이었다.

더 이상 게워낼 것이라고는 하나도 없는, 텅 빈 육신으로 침상에 누웠다. 속을 완전히 비워버리니, 구토증은 사라졌다. 더 이상 울렁거리지도 않았다. 그랬다. 문제는 내 위장을 채우고 있던 음식들이었다. 거만하고 고고한 입으로, 깨끗하고 말끔한 목구멍으로 게걸스럽게 밀어 넣었던 음식은 아직도 패망한 왕국의 음식이 아니었다. 부드럽고 향기로운 것만 찾는 위와 장은 아직도 쫓겨난 왕의 장기가 아니었다. 여전히 나의 입과 목구멍과 위와 창자는 고급스럽고 부드러운 것만 찾는 거만하고 권위적인 황제의 그것이었다. 그러니 진작 게워냈어야 할 고급스런 음식들이 패망한 왕의 위장에 반기를 들고 역류하는 것은 당연했다.

돌이켜보면 나는 스스로가 패망한 나라의 죄인임을 인정하지 못하고 있었다. 나의 무능과 무지를 깨닫지 못하고, 패망의 모든 원인을 세상 탓으로만 돌렸다. 창과 칼을 들고 싸워야 할 순간에 싸우지 못한 비겁함을 역신들의 배신 탓으로만 돌렸다. 이미 난

파해버린 배에 대한 꿈에서 헤어 나오지 못하고 여전히 선장인 양 행세하며 치기 어린 허세와 가증스런 권위를 부리고 있었다.

진작 모든 것을 비워버려야 했다. 진작 내 속에 있는 모든 것을 토해버려야 했다. 더 이상 나는 왕도 통치자도 아니었다. 내가 되찾아야 할 것은 나라와 백성이 아니라 무엇보다도 내 자신이었다. 아무것도 더 이상 잃을 것 없는 나 자신의 현실을 찾아야 했다.

나의 현실은 흔들리는 배 속에 있는 것이 아니었다. 일본인의 군함 속에 있는 것이 아니었다. 나는 굶주린 상어에게 통째로 먹힌 것이었다. 상어의 위장 속에서 상어의 영양분이 되어 상어의 생존을 돕고 있는 중이었다. 나의 고급스런 취향과, 나의 고고한 위선과, 나의 안이한 두뇌와, 나의 귀하디 귀한 위장이 모두 상어의 생존을 돕고 있는 중이었다.

모든 것이 내 속을 가득 메우고 있던 허영들 때문이었다. 황제 자리에 대한 탐욕과 나라에 대한 소유욕과 백성에 대한 통치 욕구 같은 허영들이 벌레처럼 내 몸을 기어 다니고 있었던 것이다.

나는 그 벌레들을 떼어내기 위해 발버둥을 치면서 겐카이나다의 검은 여울을 건넜다.

이토

　시모노세키 항구에 도착했을 땐, 이미 저녁 무렵이었다. 아직 해가 남아 있는 시모노세키는 고즈넉한 저녁 풍경을 드러내고 있었다. 작은 배들이 항구로 돌아오고 있었고, 항구 주변에는 낮은 지붕이 즐비하였고, 그 낮은 지붕들 사이사이에 돌부리처럼 튀어 오른 현대식 건물들이 보였다. 낮은 지붕들의 굴뚝에선 연기가 솟아올랐고, 그 연기들은 빠르게 퍼지면서 시가지에 낮게 깔렸다.

　꼬박 열 시간을 배 위에서 보낸 탓인지 배에서 내려서도 땅이 흔들렸다. 여전히 현기증은 가시지 않았다. 머리는 깨어지는 듯 아팠고, 눈은 쑤셨다. 위장도 쓰라렸다. 하지만 속이 울렁거리지는 않았다. 다만 온몸에 아무 기운이 없었다. 서 있기도 힘들었다.

　접대위원장인 이토 히로쿠니가 나를 맞이했다. 이토 히로쿠니는 이토 히로부미의 양자였다. 이토가 죽고 나서 그가 양자 자격으로 공작의 작위를 이었다고 했다. 이토는 살아생전에 친자식들보다 히로쿠니를 총애했다고 한다. 그래서 친자들을 제치고 재산과 작위를 모두 히로쿠니가 승계한 것이다.

　히로쿠니는 마차를 대기시켜놓고 있었다.

　"먼 길 오시느라 고생이 많았습니다."

히로쿠니는 우리말로 인사를 하였다. 그가 한국어를 할 줄 안다는 사실이 놀라웠다.

"어떻게 우리말을 아시오?"

"아버님께서 꼭 배워둬야 할 언어라고 해서 조선인을 옆에 두고 익혔습니다. 하지만 서툽니다."

그 말을 듣자, 이토의 말이 스쳐갔다.

적을 알고 나를 알면 백전백승이라는 말이 있습니다. 하지만 나는 단지 적을 안다는 것만으로 승리를 얻을 수는 없다고 생각합니다. 적을 적으로 생각하지 말고 친구라고 생각해보십시오. 적과 친구가 되는 것이 가장 손쉽게 승리하는 길입니다. 친구가 되자면 우선 말이 통해야 하겠지요. 그래서 저는 요즘 청국어를 배우고 있습니다.

이토의 말대로라면 일본은 한국을 삼키고, 다시 중국을 삼키려는 것이었다.

"혹 청국어도 배우십니까?"

"그렇습니다. 아버님께서 청국어도 반드시 익혀둬야 한다고 하셔서 청국인을 옆에 두고 배우고 있습니다."

"참으로 놀랍습니다. 역관들이 할 일을 직접 하신다니……."

"놀라울 것이 뭐 있습니까? 천황께서도 조선어와 청국어를 배우신다고 들었습니다."

나는 아무 대꾸도 하지 못했다. 정말 놀라움을 금할 수 없었다. 아니, 두렵고 공포스러운 일이었다. 일본은 그저 시절을 잘 만나 한국을 집어삼킨 것이 아니었다. 수십 년 동안 하급 관리에서 황제에 이르기까지 모두 한마음이 되어 준비한 결과였다. 이토가 입버릇처럼 조선은 우물 안 개구리라고 했던 말이 실감났다.

나는 이토를 다시 생각하지 않을 수 없었다. 그토록 자신감에 차 있던 자가 하루아침에 불귀의 객이 되었음을 조롱한 일이 부끄러웠다. 그는 죽고 나는 살아 있으니, 내가 승자라는 말도 한낱 치기에 지나지 않았다. 돌이켜보면 기유년 순행 때에 송상현과 이순신의 사당에 제사를 올리는 것으로 이토에 대한 저항 의사를 드러냈던 것도 유치한 일이었다. 이토는 그 일로 나를 얼마나 비웃었을까?

이토는 죽었지만, 또 다른 이토들이 일본엔 무수히 자라나고 있었다. 히로쿠니 또한 그자들 중 하나일 뿐이었다. 일본 땅에 얼마나 더 많은 이토가 살아 꿈틀거리고 있는지 알 수 없는 노릇이었다.

나는 더 이상 아무것도 묻고 싶지 않았다. 뭔가를 더 아는 일이 무서워졌다. 알면 알수록 커지기만 하는 적의 모습이 나를 점점 작아지게 할 것 같았다. 이미 주눅이 들 대로 들었는데, 얼마만큼 더 작아져야 더 이상 작아지지 않을까 하는 생각이 들었다.

한숨이 쏟아졌다. 아, 이것이 저들이 나를 부른 이유였구나. 나를 한없이 작아지게 만들어 작은 저항이나 반감도 갖지 못하게 하려는 것이 저들의 목적이구나. 다리가 후들거렸다. 피로가 더욱 심하게 몰려왔다. 아무 말도 할 수 없었다. 대꾸할 힘도 없었다. 기실, 일몰을 구경하자고 한 것도 해가 질 때까지 마차에 앉아서 쉬고 싶은 심정에서 나온 말이었다. 나는 일몰의 아름다움을 느낄 만한 여유가 전혀 없었다.

"아버님은 조선을 사랑하셨습니다. 조선은 동양의 진주라고 하셨습니다. 조선을 얻는 나라가 대륙을 장악할 것이라고 하셨습니다. 하지만 아버님은……."

히로쿠니는 말끝을 흐렸다.

나는 여전히 머리가 쑤셨다. 내가 고통스런 표정으로 이마에 손을 대고 있자, 히로쿠니가 말했다.

"전하, 매우 곤하신 모양입니다."

"뱃멀미를 좀 심하게 했더니……."

"그렇다면 빨리 숙소로 가는 것이 좋겠습니다."

히로쿠니가 출발 신호를 보내자, 마차가 천천히 달리기 시작했다. 해변로를 따라 달리는 마차 좌우로 환영객들이 열을 지어 서 있었다. 일몰과 함께 주변은 빠르게 어두워졌고, 환영객들은 야등을 하나씩 들고 서 있었다. 사람들은 우리가 지나가면 야등을 흔들어 반가움을 표시하고, 환성을 질렀다. 히로쿠니는 그들에게 손을 들어 답례를 했고, 나도 함께 손을 흔들어 보였다.

환영 인파는 숙소까지 이어져 있었다. 숙소는 춘범루(春帆樓)라는 현판을 단 여각이었다. 일인들은 순판루라고 불렀다.

순판루는 여각치고는 꽤 컸다. 나는 혹 작은 궁궐에 들어간 기분이었다. 더욱 놀라운 것은 여각 안에 꽤 큰 정원과 연못을 조성해놓았다는 점이었다.

"이곳이 여각이 맞습니까?"

"네, 시모노세키에서는 가장 고급스런 여각입니다."

"정원이 참 잘 꾸며져 있군요."

"우리 일본사람은 마당에 정원과 연못을 두는 것을 좋아합니다."

"그렇군요."

히로쿠니는 직접 나를 침소로 안내했다.

"침소는 일본식 다다미방입니다. 일본에는 비가 자주 오고 습기가 많아 다다미로 바닥을 장식합니다. 다다미는 몸이 들러붙지 않아 아주 개운하게 지낼 수 있는 특징이 있습니다. 일본에 오셨는데, 우리 다다미방에 주무시는 것도 괜찮겠다 싶어 마련했습니다."

"호의에 감사드립니다."

"대접이 너무 소홀하여 황송합니다. 작은 주연을 마련했으니, 와주시면 영광이겠습니다."

히로쿠니가 마련한 만찬은 소박했다. 참석한 인원도 열 명 남짓이었고, 상도 간소했다.

"우리 일본인의 만찬은 늘 이렇게 소박하고 보잘것없습니다. 한국의 만찬은 매우 성대하다고 들었습니만……."

"우리네야 원래 먹는 것을 낙으로 알고 사는 족속이옵죠."

민병석이 고개를 빼고 한 말이었다. 다들 뱃멀미에 시달린 탓에 음식을 보고 그다지 달가워하지 않았는데, 유독 민병석은 말짱하였다.

"우리 한국인은 밥그릇만 해도 일본사람들 두 배도 더 되고, 한 끼 밥을 먹을 때도 반찬이 많을수록 좋다고 합니다. 하지만 제가 일본에 와서 보니, 모두 아주 적게 먹더군요. 서민은 물론이고 귀족의 밥상에도 찬이 몇 가지 되지 않았고, 밥도 아주 조금만 먹더군요. 덕분에 오늘날 일본이 부유하고 강한 나라가 되지 않았나 싶습니다. 우리도 일본인처럼 적게 먹고 아껴서 부자가 될 날이 와야 할 텐데 말이지요."

윤덕영 형제는 민병석의 말에 표정 없이 고개만 끄덕였다. 그토록 그악스런 윤덕영도 뱃멀미 앞에서는 어쩔 수 없었던 모양이다. 얼굴은 누렇게 떴고, 입술도 바짝 말라 있었다. 평소 같으면 있는

지식 없는 지식 죄다 끄집어내서 자기 자랑을 늘어놓을 자였지만, 목덜미를 어루만지며 노골적으로 피로한 기색을 드러냈다.

나도 음식 냄새를 맡으니, 다시 속이 울렁거렸다. 그래서 죽만 몇 숟갈 뜨고, 수저를 놓았다.

히로쿠니는 눈치가 빠른 자였다. 비록 형식상 만찬을 마련하긴 했지만, 모두 피로에 지쳐 식사 생각이 없음을 알고, 얼른 자리를 파했다.

안중근

순판루에선 아침 8시에 출발했다. 다음 행선지는 마이코(舞子)였다. 일본 옛 도읍 경도에서 멀지 않아, 그곳에 있는 별궁에서 하루를 지낼 예정이었다. 시모노세키에서는 기차로 12시간을 쉴 새 없이 달려야 갈 수 있는 먼 여정이었다.

시모노세키에서 출발한 열차에는 침대실이 별도로 마련되어 있지 않았다. 실내도 한국 열차보다 좁았다. 다행히 별실은 마련되어 있어서, 히로쿠니와 나는 별실에서 단둘이 이야기를 나누며 갈 수 있었다.

"우리 일본 열차는 가설한 지 오래돼서 구식입니다. 한국에 가설된 열차보다 십 년쯤 전에 만든 것인데, 그때만 하더라도 궤도가 좁았다고 합니다. 그래서 한국에 가설한 신식 궤도보다 폭이 좁아 열차 실내도 좁게 만들어졌습니다."

열차에 오르면서 히로쿠니가 한 말이었다. 그 말을 들으면서 나는 신식 문명이란 먼저 받아들인다고 해서 반드시 좋은 것은 아니라는 생각을 했다.

히로쿠니는 나와 옆자리에 나란히 앉았다. 그는 자리에 앉으며 푸념처럼 말을 이었다.

"특히나 시모노세키는 아직 촌구석이라 열차에 침실도 없고, 특실도 이처럼 형편없습니다. 히로시마에 당도하면 특별열차가 기다리고 있다고 하니, 그때까지 불편해도 좀 참아주시기 바랍니다."

그러면서 히로쿠니는 목욕탕은 사용해보았는지, 다다미방에서 잔 기분이 어땠는지 등을 물어왔다. 나는 목욕탕이 크고 좋았으며, 다다미방도 아주 편안했다고 대답해주었다. 히로쿠니는 그렇게 생각해주니 너무 감사하고 다행스런 일이라고 했다.

열차는 주로 양쪽으로 산을 끼고 달렸고, 가끔 오른쪽 창가에는 언뜻언뜻 바다가 비쳤다가 사라졌다. 이따금 도시를 가로지를 땐 낮고 초라한 지붕들이 스쳐갔고, 검은 연기를 피워 올리는 공장들도 스쳐갔다. 때론 암흑 같은 굴속을 지나기도 했다. 굴속을 지날 땐 실내가 캄캄하여 아무것도 보이지 않았다. 한국에선 열차가 굴속을 달릴 땐 전등이 켜져 실내를 밝혔는데, 오히려 일본 열차에선 전등이 켜지지 않았다. 히로쿠니는 그 점도 몹시 불만스러운지 어둠 속에서 볼멘소리를 하였다.

"이 철도를 만들 때만 해도 자가발전을 시킬 기술이 모자랐다고 합니다. 그래서 터널을 지날 땐 이렇게 암흑 속에 갇혀서 가야만 합니다. 하지만 히로시마에서 갈아탈 열차는 신형이니, 터널 속에서도 전등이 밝혀질 것입니다."

그 어둠 속에서 히로쿠니는 만주에서 열차를 탄 이야기를 하였는데, 내가 그동안 몹시 궁금해하던 이야기도 곁들였다.

"아버님께서 총탄에 맞아 돌아가시고, 아버님을 비명에 가시게 한 안중근이란 자의 재판을 보기 위해 조선을 거쳐 남만주 열차를 타고 여순까지 갔습니다. 그때 조선 열차와 남만주 열차를 모두 타보았는데, 우리 일본 열차가 가장 구식이었습니다. 특히 남만주 열차는 아주 고급스럽고, 편안했습니다. 특실도 좋았고, 침대실이 아주 잘 만들어졌더군요. 조선의 철도와 남만주의 철도를 모두 우리 일본 회사가 운영하고 있는데, 어째서 본국만 형편없는지 모르겠어요. "

히로쿠니는 그렇게 일본과 한국, 만주의 열차를 비교하는 데 열을 올렸지만, 나는 안중근의 재판이 몹시 궁금했다. 일본에 병

합됐던 경술년 4월에 안중근이 총살형에 처해졌다는 말만 들었
다. 그것도 조 상궁의 입을 통해 알았는데, 이미 한 달 전에 형이
집행되었고, 안중근의 가족은 시신조차 보지 못했다고 들었다.

"안중근은 어떤 자였습니까?"

나는 망설이다가 어둠 속에서 그렇게 물었다. 이토를 죽인 살
인자에 대해 궁금증을 갖는 것이 자칫 오해를 불러일으킬 수도
있다는 생각이 들었다. 하지만 궁금증이 더 심했다. 히로쿠니는
잠시 대답을 하지 않았다. 그래서 더 이상 묻지 않으려고 했는데,
히로쿠니는 헛기침을 두어 번 하고는 안중근에 대해 이야기했다.

히로쿠니가 안중근에 대한 이야기를 시작했을 땐, 열차가 막
굴을 빠져나간 뒤였다.

"그자는 대단한 사무라이였습니다."

"사무라이라니요?"

"무사라는 뜻입니다. 그자는 진정한 무사도를 가진 사무라이
였습니다. 그자는 저격한 뒤에 붙잡히면 죽을 줄 알면서도 도망
치지 않았고, 감히 대일본의 총리대신을 지낸 공작 이토 히로부
미를 사살하고도 한 치의 두려움도 물러섬도 없었습니다."

나는 안중근에 대한 히로쿠니의 평가가 몹시 당혹스러웠다. 비
록 양부이긴 하지만 자신의 아버지이자, 스승이고 정신적 지주였
던 이를 죽인 자를 그토록 높게 평가하는 것이 낯설고 의아했다.

"안중근은 단 한순간도 당당하지 않은 적이 없었습니다. 그 자는 스스로를 대한의 군인이라고 했고, 의용군 참모중장이라고 했습니다. 조선은 일본의 침략을 받아 나라를 잃을 위기에 처한 상황이므로 전쟁 중이라 할 수 있고, 전쟁 중에 군인으로서 적군을 쏘는 것은 당연한 일이라고 했습니다. 또한 그자는 동양의 평화를 위해 아버님을 죽였다고 했습니다. 그자의 말에 의하면 아버님은 동양의 평화로운 질서를 무너뜨리는 사람이었던 것입니다. 그 의견이 분명하고, 이치가 정연했습니다. 나는 나도 모르게 안중근의 조리 있는 언변과 분명하고 단호한 의지를 담은 음성에 매료될 뻔했습니다."

"그토록 안중근의 언변이 뛰어났습니까?"

"그저 언변만 뛰어난 것이 아니라, 국가를 향한 충성스런 마음을 고스란히 느낄 수 있었습니다. 언변보다는 오히려 그 충심에 감화되었는지도 모르겠습니다. 비록 아버님의 목숨을 앗아가긴 했으나, 안중근 그자는 단순한 폭도나 살인자는 아닙니다. 나는 그의 눈에서 진정 나라를 위한 충심을 보았고, 죽음을 초월하여 결연하고도 순고한 의지를 느꼈습니다. 그자는 자신이 옳다고 믿는 것을 위해 목숨을 던질 줄 아는 진정한 무사였습니다."

히로쿠니의 안중근에 대한 찬사는 그 이후에도 한참 동안 계속 이어졌다. 그런 말들을 들으면서 나는 스스로가 자꾸 작아지는 느낌이 들었다.

나는 안중근을 그저 무모한 인물이라고 생각했었다. 요인 암살과 같은 그런 방법은 오히려 황실과 국가를 궁지에 모는 일이라고 판단했다. 그래서 이토가 그의 총탄에 맞아 죽었다는 말을 들었을 때, 나는 통쾌하다는 생각보다 걱정이 앞섰다. 황실에 대한 일본의 압박이 더욱 그악해질 것이라는, 그래서 병합 정책을 밀어붙일 것이라는 두려움에 사로잡혔다. 기실, 나는 안중근이 어떤 인물인지, 그의 재판이 어떻게 진행되고 있는지 크게 관심이 없었다. 아니, 그런 일에 관심을 쓸 처지도 아니었다. 안중근 사건 직후부터 이토의 장례식 때문에 여념이 없었고, 안중근에 대한 사형이 집행될 무렵에는 경찰 행정권에 관한 업무를 모두 넘겨달라는 압박에 시달리고 있었다. 당시 일본은 병합 의지를 더욱 노골적으로 드러냈고, 나는 어떻게 해서든 병합을 막아보려고 안간힘을 쓰고 있었다.

내가 안중근에 대해 관심을 갖기 시작한 것은 오히려 병합된 뒤였다. 막상 황위를 빼앗기고 모든 행동을 제약받기 시작했을 때, 나는 창덕궁이라는 감옥에 갇혔다는 생각을 하였고, 그러면서 어쩌면 안중근의 방식이 옳았는지도 모른다고 생각하기에 이르렀다. 아바님이나 나는 어떻게 해서든 외교적인 경로를 통해 병합을 피해보고자 노력했다. 하지만 외교라는 것도 알고 보면 모두 이해타산에 따라 움직이는 터라, 모든 노력이 허사가 되고 말았다. 단적으로 말하자면 당시 한국은 어느 나라에도 이익을 줄 처지가 아니었고, 일본은 그 점을 잘 간파하고 있었다. 때문에 외교를 통한 모든 노력은 허망하기 짝이 없는 결과를 낳고 말았다. 차라리 모든 신민을 격분시켜, 한 사람 한 사람이 안중근이 되어 일본에 저항했더라면 나라를 빼앗기고 황실이 무너지는 사태는 당하지 않았을 것이라는 후회가 밀렸들었다.

돌아보면 나는 일국의 황제로서 비겁하고, 아둔한 자였다. 그저 황위를 놓치지 않으려고 발버둥치며 비굴하게 일인들에게 협조한 꼴이 되고 말았다. 엄밀히 말하면 나는 이완용과 그 일당을 욕할 입장도 아니었다. 일인들은 아바님보다는 내가 더 손쉬운 상대라고 생각했고, 그 때문에 나를 허수아비 황제로 만들고, 나를 이용하여 병합을 합법화시켰다. 결국, 나는 일인들의 병합을 도와준 꼴이 되고 말았다. 만약 내가 조금이라도 안중근에 대해 깊게 생각해보았더라면, 그래서 목숨을 걸고 싸워볼 의지를 가졌더라면 일인들이 그토록 쉽사리 병합에 성공하지는 못했을 것이다.

하지만 내겐 용기가 없었다. 일인들을 상대로 싸워볼 의지도 없었다. 나는 그저 두려웠고, 무서웠다. 황위를 지키기에만 급급했고, 그러다 막상 황위를 빼앗기고 창덕궁에 갇힌 신세가 된 뒤

에야, 차라리 안중근처럼 목숨을 걸고 저항하는 편이 나았다고
생각했던 것이다.

차라리 내가 안중근이 되어 이토를 죽이고, 대한의 독립을 선
언했더라면 어땠을까? 모든 신민을 격분시켜, 그들 하나하나가
비수가 되고 총탄이 되어 싸우게 했더라면 어땠을까?

하지만 나는 그런 생각을 하면서도 한쪽으론 도리질을 쳤다.
비록 내가 안중근이 되어 이토를 사살했다 하더라도 모든 신민
이 격분하여 일본에 저항하고 싸웠을까 하는 회의감이 더 강했
던 것이다.

"안중근이 총살당했다는 소식을 듣고, 저는 참으로 안타깝게
생각했습니다. 거기다 무덤 하나 없이 감옥 옆에 있는 복숭아밭에
거름으로 묻혔다는 말을 들었을 때, 서글픈 생각이 들었습니다."

히로쿠니의 말이 이어졌다.

"안중근도 우리 일본의 의도를 알고, 우리가 적이 아니라는
사실을 알았다면, 그래서 우리 일본의 신문명을 배우고 익혀 동
아시아의 평화를 위해 함께 노력했다면 얼마나 좋았을까 하는
생각이 들었습니다."

나는 그저 말없이 고개만 끄덕였다. 히로쿠니도 별수 없는 이
토의 양자라는 생각이 들자, 쓴웃음이 쏟아졌다.

유길

히로시마(廣島)에 도착해서 점심을 먹고, 그곳에서 특별열차로 갈아탔다. 그리고 밤 9시가 다 된 시간에 마이코 별궁에 도착하여 늦은 저녁을 먹고, 새벽녘에야 겨우 침실에 들어갈 수 있었다.

다음 행선지는 나고야(名古屋)였다. 나고야는 마이코에서 6시간 정도만 달리면 닿을 수 있는 곳이라 했다. 그래서 이튿날 아침은 다소 여유가 있었다. 열차 출발 시간이 10시로 예정되어 있었고, 나고야 도착 예정 시간도 오후 4시30분이었다.

하지만 나는 마음이 바빴다. 나고야에서 유길을 만나기로 예정되어 있었기 때문이다. 유길은 이미 밤열차로 동경을 떠나 나고야로 향하고 있다고 했다. 침실에 들기 직전에 그 소식을 들었던 나는 유길에 대한 이런저런 기억을 더듬느라 잠을 설쳤다.

유길에 대한 내 기억의 뿌리는 엄비를 처음 만난 순간과 맞닿았다.

엄비는 내가 태어나기 전부터 궁에 있던 여관이었다. 여덟 살때 아기나인으로 궁에 들어와 지밀나인으로 있으면서 어마님을 모셨고, 이후 시위상궁이 되어 어마님을 보필했다고 한다. 하지만 나는 거의 그녀의 존재를 알지 못했었다.

내가 엄비를 눈여겨본 것은 아바님이 아관(러시아 공사관)으로 거처를 이어한 뒤였다. 아바님을 모시는 여러 궁인이 있었는데, 유독 엄비만이 아바님을 그림자처럼 수행하며 남다른 친근감을 드러냈다. 하지만 나는 그때까지도 엄비와 아바님이 특별한 사이라고 생각하지 못했다.

엄비는 그때 이미 마흔이 넘은 나이였고, 키는 작고, 몸집은 통통하며, 인물은 중급에도 미치지 못하는 여관(女官)이었다. 어찌 보면 저런 정도의 인물이 어찌 대전의 침전을 챙기는 상궁이 되었을까 싶었다.

어마님은 대전의 궁인들에 대해 매우 예민한 분이셨다. 아마도 일찍이 완친왕의 일로 크게 마음고생을 하셨기 때문일 것이다. 이미 고인이 된 내 이복형 완친왕은 궁인 이씨에게서 태어났는데, 후계가 급했던 할아바님은 완친왕을 원자로 세우려 하였고, 결국 그 일은 어마님과 할아바님이 영원히 등을 지게 된 원인이 되었다. 그 때문에 지밀 궁인들은 어마님께서 철저히 챙겼고, 가끔은 아바님의 눈에 든 궁인이 출궁당하는 일도 있었다. 나중에 전해 들은 일이지만 엄비도 출궁당한 궁인 중 한 명이라 했다.

아관 생활 중 나를 가장 놀라게 한 일은 엄비의 회임이었다. 우선 아바님이 그녀와 잠자리를 같이했다는 사실이 놀라웠고, 그녀가 마흔이 넘은 나이에 첫 아이를 회임했다는 사실은 더 놀라웠다.

엄비가 회임하자, 아바님은 남의 나라 공사관에서 자식을 낳을 수 없다며 환궁을 결심하셨다. 환궁한 지 8개월 만에 아이가 태어나자, 아바님은 조선의 앞날이 이 아이에 의해 좋아졌으면 하는 뜻을 담아 아명을 유길(酉吉)이라고 지으셨다. 태어나던 해가 정유년인데, 정유년에서 유(酉)를 취하고, 좋다는 뜻의 길(吉)을 택하여 붙인 이름이었다. 또 아바님께서는 아이가 닭의 해에 태어났으니, 닭처럼 새날을 알리고 좋은 일을 알려주는 사람이 되었으면 한다고 덧붙이셨다.

유길은 엄비를 닮아 체구가 작고 통통한 아이였다. 성격은 유했으며, 겁이 많았다. 작은 벌레만 보아도 혼비백산하여 고함을 질러댔다. 하지만 웃음이 많은 아이이기도 했다. 어떨 땐 아무도 웃지 않는 일에도 혼자만 웃음을 그치지 않는 경우도 있었다. 언젠가 자기 발가락을 보고 웃음을 그치지 않아 주변 사람들을 당혹스럽게 한 일도 있었다. 아바님은 그런 유길의 웃음소리를 좋아하셨다. 웃을 일 없는 궁궐에서 유길이 덕분에 웃을 수 있어서 나도 좋았다.

하지만 유길은 언젠가부터 웃음이 없는 아이가 되었다. 정확하게 무슨 계기로 웃음을 잃었는지는 알 수 없었지만, 조금씩 어둡고 우울한 얼굴이 되었다. 어쩌면 유길도 나처럼 점점 궁궐이 무섭고 낯설게 느껴졌는지도 모른다. 웃음 없는 상궁들과 내관들에 둘러싸여 또래 친구 하나 제대로 없이 지내야 하는 왕자들만의 외로움을 알게 되었을 것이다. 여덟 살이 넘어서면서부터 이런저런 학습과 행사에 시달리게 되고, 서자라는 신분상의 한계도 깨닫게 되었을 것이다. 더구나 자지러지던 웃음소리도 더 이상 용납되지 않았을 터이고, 늘 주변을 살피고, 행동을 삼가야만 하는 처지가 육중한 무게로 다가왔을 것이다.

유길이 그렇게 웃음을 잃어가는 것이 안타까웠지만, 그것은 왕자의 숙명이었다. 더구나 유길은 아바님의 강제 퇴위를 경험하였고, 결국 볼모가 되어 타국으로 끌려가는 처지가 되고 말았다. 그런 유길을 생각한다면 나는 그 아이를 후계자로 삼지 말았어야 했다. 아바님이 원했다손 치더라도 내가 적극 반대했다면, 그 어린아이가 일본으로 끌려가는 일은 없었을 것이다.

그런 생각들로 나는 거의 뜬눈으로 밤을 새웠다. 잠을 제대로 자지 못한 탓인지, 몸이 축축 늘어졌다. 날씨도 덥고, 습기도 많았다. 더구나 군복을 입은 터라 몹시 더웠다. 나는 연신 이마에 땀을 씻어내며, 앉은 채로 잠을 잤다.

나뿐만 아니라 모두 지친 표정이 역력했다. 조 상궁도 피곤한 얼굴로 앉아서 꼬박꼬박 졸았고, 김 상궁은 개도 걸리지 않는다는 여름 감기를 앓고 있었다. 하세가와 총독이나 다른 대신들도 지치긴 매한가지였다. 첫날만 해도 주기적으로 다가와 인사를 건네던 모습도 거의 사라졌다. 그들도 대부분 창문을 열어놓고, 바람에 머리카락을 날리며 꾸벅거리고 있었다.

처음엔 놀랍도록 빠르게 느껴졌던 열차도 점점 느려지는 기분이었다. 한 번씩 울리는 기적소리도 지친 듯 들렸고, 하얗게 뿜어져 나오는 증기도 힘을 잃은 듯하였다.

다행히 피로는 모든 망상을 한꺼번에 날려버리는 묘한 힘이 있었다. 복잡했던 머릿속은 오직 조금이라도 편한 자세로 잘 수 있는 방도는 없을까 하는 생각들로 채워졌다. 체통 없이 고개를 꺾은 채 잠이 들어도 어느 누구 하나 나무라는 눈빛도 없었다. 그토록 그악해 보이던 윤덕영도 코를 골며 어린아이처럼 몸을 웅크린 채 자고 있었다. 늘 긴장을 늦추지 않던 상궁들도 꾸벅꾸벅 졸고 있었고, 감시의 눈초리를 번뜩이던 왜경들도 풀린 눈빛으로 멍하니 스쳐가는 풍경만 쳐다보고 있었다.

나고야에 이르기 전에 기후(岐阜)에서 기차가 잠시 멈췄다. 그리고 반가운 얼굴이 찾아왔다. 곤도 시로스케였다.

"전하, 곤도 시로스케, 전하의 안내를, 맡게 되어, 참으로, 영광입니다."

"어서 오게, 이곳 일본 땅에서 자네를 만나니 새삼 반갑구먼."

"영광입니다, 전하. 이제, 약 한 시간 후에, 나고야 역에, 도착할 것입니다. 그곳에서, 이은 왕세자 전하께서, 기다리고 계십니다.”

“곤도 사무관, 자네가 수고가 많구먼.”

“곤도 생애에, 전하와 같은 귀빈을, 영접하는 일을 맡게 된 점, 가문의 영광이 아닐 수 없습니다. 전혀 수고스럽다고 생각하고 있지 않습니다.”

곤도 덕분에 나는 피로가 다소 풀렸다. 그는 나고야까지 가는 동안 내 옆에 앉아 앞으로의 일정에 대해 세세하게 알려주었다. 그리고 예의 밝고 경쾌한 음성으로 차창을 스쳐가는 산과 마을들에 대해 설명해주었다.

나고야 역에 도착하자, 유길이 열차 안으로 들어와 나를 맞이하였다. 나는 손을 내밀어 악수를 청했고, 유길은 고개를 숙이며 손을 내밀었다. 하지만 우리는 아무 말도 하지 않았다. 마치 묵계라도 맺은 듯 그저 웃음 띤 얼굴로 모든 말을 대신했다.

유길은 나의 상상처럼 어엿한 청년으로 성장해 있었다. 하지만 엄비를 닮은 탓인지 키는 작은 편이었고, 통통하던 몸은 군살 없이 날렵하게 변해 있었다. 짧은 머리에 은테 안경까지 끼고 있어 이전에 비해 매우 총명해진 느낌이었다.

“안경을 끼는구나.”

나의 첫 마디였다.

“책을 좀 많이 봤더니, 눈이 나빠졌습니다.”

"잘 어울리는구나."

나는 가볍게 유길의 어깨를 두드려줬다. 그 말을 하는데 나도 모르게 눈물이 울컥 쏟아질 것 같아 가까스로 참았다.

나고야 역엔 환영 인파가 제법 많았다. 군악대의 연주 소리가 요란했고, 길 양쪽으로 늘어선 일본인들의 행렬도 숙소인 별궁까지 이어져 있었다. 나는 이토 히로쿠니와 마차에 나란히 앉아 그들에게 손을 흔들어주었다.

나의 숙소는 별궁이었지만, 유길은 나고야 여각에 머문다고 하였다. 그날 저녁에 별궁에서 환영 만찬이 열렸는데, 유길도 참석하였다. 그리고 만찬이 끝난 뒤, 침소에서 우리는 별도의 시간을 가질 수 있었다. 다행히 우리를 감시하는 자는 아무도 없었다. 덕분에 속에 있는 말들을 할 수 있었다.

"이국 생활이 고생스럽지 않느냐?"

"많은 것을 배우면서 잘 지내고 있습니다."

"그래, 주로 무엇을 배우느냐?"

"이곳 육군 사관학교에 배치되어 서양 학문과 군사 업무를 배우고 있습니다."

"군대 훈련이 힘들 텐데, 견딜 만하느냐?"

"생각보다 힘들지 않습니다. 말도 타고 총도 쏘고 검술도 익혔는데, 모두 재미있습니다."

"내가 해야 할 고생을 네가 하고 있는 것 같아 미안하구나."

"그런 말씀 마십시오. 저는 당연히 제가 져야 할 짐이라고 생각하고 있습니다."

"나이도 스물이 넘었고 결혼도 해야 될 텐데, 이렇게 이국땅에 있으니 손을 쓸 수가 없구나."

"결혼에 대해선 아직 아무 생각이 없습니다. 제 몸 하나 추스르기도 힘든데, 어떻게 가족을 거느리겠습니까?"

유길은 너무 어린 나이에 일본으로 왔기 때문인지 말투와 행동에서 일본인의 태도가 엿보였다. 말을 할 때마다 일본어를 하듯 구절과 구절 사이를 끊어서 말하는 습관도 그렇고, 대답을 할 때마다 고개를 숙였다 올리는 버릇도 그랬다. 또 때로는 우리말 단어가 생각이 나지 않아 한참 동안 생각을 더듬거나, 말 중간 중간에 '에—' 하는 소리를 넣는 것도 그랬다.

유길의 그런 말투를 보면서 안쓰러운 생각도 들었지만, 한편으론 혹 이 아이가 일본인으로 성장해가고 있는 것은 아닌지 하는 두려운 마음도 들었다. 어쩌면 말투뿐 아니라 내면도 일본인이 다 되어 있을 것 같은 기분이었다. 그래서 유길의 마음을 엿보고 싶어졌다.

"너는 혹 안중근이란 사람을 아느냐?"

"안중근이라면 이토 공을 죽인 자가 아닙니까?"

"알고 있구나. 너는 안중근을 어떤 자라고 생각하느냐?"

"용기만 있고, 세상 물정을 몰라 멀리 내다보지 못하는 어리석은 사람이라고 봅니다."

"어째서 그렇게 생각하느냐?"

"이토 공은 일본에서는 뛰어난 정치인이고, 현명하고 사려 깊은 인물입니다. 그는 함부로 무력을 사용하지도 않으며, 모든 일을 합리적으로 처리합니다. 그는 비록 다른 나라를 속국으로 만들고자 하여도 결코 무력으로 하지 않고 정치적으로 해결합니다. 그래서 우선적으론 그 나라 신민들의 마음을 먼저 얻고자 노력하고, 마음을 얻은 뒤에도 결코 힘으로 상대를 누르지 않습니다. 그는 가르치고, 설득하고, 깨우쳐서 자신의 친구로 만듭니다. 그런데 안중근은 그런 사람을 죽였습니다. 그러자 일본은 데라우치와 같은 군인을 앞세워 총과 칼로 대한제국을 위협하여 황실을 무너뜨리고 나라를 빼앗았습니다. 만약 이토 공이었다면 그렇게 무지한 정책으로 우리 황실을 없애지는 않았을 것입니다. 때문에 안중근의 만용은 오히려 대한의 황실을 무너뜨리는 역할을 했습니다. 그러니 그가 세상 물정을 모르는 자가 아니고 무엇입니까?"

유길은 이전에 내가 안중근에 대해 원망스런 생각을 가졌던 것과 다름없는 판단을 하고 있었다. 유길도 나처럼 가장 중요한 판단 기준이 우리 황실의 위상이었다. 그런 의미에서 보자면 유길은 여전히 대한의 왕자다운 생각을 가지고 있었다. 하지만 어린 시절에 이토를 스승으로 삼아 서양 학문을 배운 탓에 이토에 대한 평가가 과대했다. 나는 그 점을 깨뜨려주고 싶었다.

"그렇다면 내가 하나 물어볼 것이 있다. 너는 총과 칼을 앞세우고 위협하여 힘으로 나라를 빼앗는 자와 온갖 회유와 협박을 가하면서도 겉으론 친구처럼 행동하며 나라를 빼앗는 자 중에 누가 더 음흉한 자라고 생각하느냐?"

"그거야 당연히 친구처럼 행동하며 나라를 빼앗는 자가 더 음흉하지 않겠습니까?"

"이토는 바로 그런 자였다. 너는 어려서 이토를 잘 몰랐겠지만, 그자는 평화와 계몽을 강조하며 왕권을 빼앗은 뒤에, 회유와 협박으로 군대를 빼앗고, 교육과 문화를 앞세워 백성마저 빼앗아갔다. 이토는 그렇게 토끼의 탈을 쓴 승냥이 같은 자다."

유길은 아무 대답도 하지 않았다. 쉽게 동의할 수 없다는 표정이었다. 열한 살 이후로 이토에 대해 온갖 미화된 말들만 들어온 유길로서는 당연한 일인지도 몰랐다. 더구나 이토는 유길을 직접 가르친 스승이었다. 그런 스승에 대한 험담을 쉽게 받아들일 수는 없었을 것이다.

"나는 시모노세키에서부터 줄곧 이토 히로쿠니와 동행했다.

히로쿠니는 이토가 가장 신임하던 이토의 양자다. 그런데 그 히로쿠니가 안중근에 대해 뭐라고 말한 줄 아느냐? 히로쿠니는 안중근이 진정한 사무라이라고 했다. 너는 이 말에 대해 어떻게 생각하느냐?”

유길은 한참 동안 생각에 잠긴 채 말을 아꼈다. 그리고 이윽고 이렇게 말했다.

“일본인은 겉으로 드러내는 마음과 숨기고 있는 마음이 다릅니다. 히로쿠니가 비록 그렇게 말했다 하더라도 본심은 다를 것입니다. 히로쿠니가 안중근을 찬양한 것은 정말 진심에서 한 말이 아니라고 생각합니다. 히로쿠니는 안중근을 높여줌으로써 자신이 아량 있고 현명한 인물이라는 것을 전하께 보여주고자 한 것일 뿐입니다.”

“물론 히로쿠니에게 그런 의도가 없었던 것은 아닐 것이다. 하지만 왜 히로쿠니는 노골적으로 안중근을 비난하지 못했을까? 그것은 안중근이 순수한 충심으로 이토를 저격했기 때문이다. 비록 자신의 아버지를 죽인 자라 하더라도 안중근의 순수한 충심까지 비난할 수 없었다는 말이다.”

사실, 나는 그 말을 유길에게 하고 있는 것이 아니었다. 나 스스로에게 다짐을 받고 있었다. 안중근을 과소평가하고, 국권 상실에 대한 일말의 책임이나마 그에게 지우려고 했던 나 자신을 반성해야 한다는 다짐이었다.

유길도 안중근의 순순한 충심에 대해서는 인정했다. 그러나 안중근의 행위에 대해서는 여전히 비판적이었다.

"물론 안중근이 충심에서 이토를 저격한 것은 인정합니다. 하지만 충심을 꼭 그런 식으로 드러낼 필요는 없었다고 봅니다."

"처음엔 나도 그렇게 생각했다. 그리고 내가 일본 땅에 발을 딛기 전까지도 내 생각이 맞다고 판단했다. 하지만 나는 지금에 와서야 안중근이 옳았다는 것을 알았다. 적을 죽이지 않고는 결코 내가 살 수 없다는 것을, 목숨을 걸지 않고는 결코 적을 이길 수 없다는 것을 히로쿠니의 말을 듣고서야 비로소 깨달았다."

유길은 매우 혼란스런 얼굴이었다.

"그렇다면 저도 안중근처럼 해야 한다는 것입니까? 저도 안중근처럼 총으로 일본 천황을 저격하기라도 해야 하는 것입니까?"

나는 고개를 가로저었다.

"아니다. 그건 안중근의 몫이고, 우리는 우리의 몫이 따로 있다. 마치 이토와 데라우치, 그리고 일황 요시히토의 몫이 모두 다르듯이 우리도 모두 몫이 다르다."

"그렇다면 저의 몫은 무엇입니까?"

"철저히 일본을 배워 철저히 일본인의 방식을 익히고 그래서 일본을 가장 잘 아는 사람이 되는 것이다. 흔히 지피지기면 백전

백승이라는 말도 있듯이 너는 일본을 이기기 위해 철저히 일본을 익혀야 한다. 그것이 너의 몫이다."

그렇게 유길의 몫을 일러줬지만, 나는 정작 나의 몫이 무엇인지 알지 못했다.

유길이 어두운 얼굴로 대답했다.

"하지만 저는 두렵습니다. 일본을 익히고, 일본인처럼 살다가 그저 일본인으로 죽어갈까 두렵습니다. 저는 여기서 일본을 배우면 배울수록 일본이 더 커 보이고, 일본인을 알면 알수록 더 모르겠다는 생각을 가질 때가 많습니다. 그래서 두렵습니다. 이러다 그저 일본인을 찬양하다가 죽게 되지 않을까 하는 두려움이 솟구치곤 합니다."

나는 유길의 말에 고개를 끄덕여주며 어깨를 다독였다. 여태껏 내가 가졌던 두려움보다 유길의 두려움이 더 클지도 모른다고 생각했다. 일본인들의 틈바구니 속에서 눈치만 보며 자라왔을 유길을 생각하니, 가슴이 아렸다.

"그래, 네 마음을 이해할 수 있다. 그런데 생각해봐라. 왜 일본은 너를 이곳에 잡아두고 있을까? 왜 너를 인질로 붙잡아 두고 있을까? 그것은 아직도 일본인이 우리 황실을 두려워하고 있다는 증거다. 혹 우리 황실이 백성을 동원하여 일본인과 전면전을 벌일까 두려워하는 것이다. 그래서 너를 이곳에 잡아두는 것이

다. 그러니 두려워할 쪽은 네가 아니라 오히려 일본이다. 일본이
바로 너를 두려워하고 있는 것이다. 그 사실을 절대 잊지 말아야
한다."

나는 그렇게 이야기해주면서도 정말 그 말이 옳은 말인지 회
의감이 들었다. 그렇지만 유길은 나의 그 말에 크게 고무된 표정
이었다.

"형님 전하의 그 말씀 가슴 깊이 새기겠습니다. 그리고 공민왕
을 기억하라는 예전의 말씀도 절대 잊지 않겠습니다. 형님의 말
씀대로 저는 철저히 일본인들에게 짓밟히고 엎드려서 일본을 배
우고 익히겠습니다."

"그래, 착하구나. 이제 오늘 밤이 지나면 우리가 언제 마음을
나눌 기회가 있을지 알 수 없구나. 절망하지 않고 꿋꿋하게 살고
있는 너의 모습을 보니, 이 형은 참으로 마음이 든든하구나."

나는 유길과 밤이 깊도록 대화를 나누다 10시가 넘어서야 헤
어졌다.

유길을 보내고 난 뒤에 나는 오래도록 나의 몫에 대해 생각해
보았다. 하지만 아무리 강구해보아도 쉬이 결론을 얻을 수 없었다.

사무라이

    다음 날인 6월 12일 오전 9시에 나고야 역에서 열차가 출발했다. 오후 5시30분에 동경에 도착할 것이라고 했다.

    나는 곤도를 내 옆자리에 앉히고 열차 경유지에 대한 설명을 부탁했다. 곤도는 나를 위해 각 지역마다 세세한 조사를 해왔고, 때때로 전설이나 민담, 또는 그 지방의 위인들에 대한 설명도 곁들였다.

    나고야에서 한 시간쯤 거리에 있는 오카자키(岡崎)를 지날 때 곤도는 그곳이 도쿠가와 이에야스(德川家康, 일본 에도 막부의 초대 장관)의 고향이라고 말했다. 그러면서 그는 눈을 지그시 감고 도쿠가와가 남겼다는 글귀를 읊었다.

서두르지 마라.

무슨 일이든 마음대로 되는 것이 아니란 것을 알게 되면, 불만은 사라질 것이니.

마음에 욕망이 일어나거든 곤궁한 시절을 생각하라.

인내는 무사장구(無事長久)의 근원이요, 노여움은 적이니

이기는 것만 알고 지는 일을 모르면 해로움이 그 몸에 미치게 되노니.

자신을 책망할지언정 남을 책망하지 마라.

미치지 못함은 지나침보다 나으니

풀잎 위의 이슬도 무거우면 떨어지게 마련일지니.

곤도는 그 글귀에 취해 스스로 감탄해마지않으며 덧붙였다.

"전하, 아주 멋지지 않습니까? 피비린내 나는 전장을 누비며 온갖 고초를 다 이겨낸 뒤, 결국 일국을 이끄는 인물로 성장한 위대한 인물의 여유로운 풍모가 느껴지는 내용 아니겠습니까?"

"풀잎 위의 이슬도 무거우면 떨어지게 마련이라는 내용이 마음에 와 닿는구나."

"전하께서는 마지막 구절이 마음에 들었군요. 그 구절도 좋지만, 소인은 이기는 것만 알고 지는 일을 모르면 해로움이 그 몸에 미치게 된다는 말이 너무 가슴을 뭉클하게 합니다. 이겨야만 살아남는 장수의 입에서 어떻게 패배에 대해 알아야 한다는 말이 나올 수 있는지 생각해보지 않을 수 없습니다. 도쿠가와의 성공은 아마도 패배에 대해 생각할 줄 아는 여유에서 나온 것이 아닌가 싶습니다."

곤도는 어쩌면 도쿠가와의 글을 빙자하여 나에게 그 말을 해주고 싶었는지도 몰랐다. 나는 그 말을 듣는 순간, 황제 시절의 내가 한 번이라도 패배자가 된 뒤의 일을 생각해보았는지 되돌아보았다. 사실, 나는 승리를 생각해보지도 못했고, 패배도 생각해보지 못했다. 그저 현실을 모면하는 데 급급했다. 마치 그물에 걸린 물고기처럼 파닥거리기만 했다. 그물을 빠져나갈 생각 같은 것은 아예 떠올리지도 못했다.

그런 회한으로 우울한 생각이 들자, 곤도는 금세 내 심사를 알 아차리고 화제를 돌렸다.

열차는 어느덧 바닷가를 지나가고 있었다. 햇살에 반사된 물 비늘에 눈이 부셨다. 마치 호수처럼 잔잔한 바다였다. 곤도는 그 곳을 미카와 만(三河湾)이라고 알려주었다.

"미카와 만은 두 개의 반도에 의해 양손으로 바다를 감싸는 듯한 형상을 이루고 있기 때문에 바다가 마치 호수처럼 느껴지 는 것입니다."

미카와 만이 거의 끝나는 지점에 토요바시(豊橋) 역이 있었다. 열차는 그곳에 잠시 정차하였고, 나는 곤도와 함께 열차에서 내 려 바다를 구경하였다. 내가 바다를 감상하는 동안 곤도는 토요 바시에 대해 설명했다.

"이곳은 아주 풍요로운 땅입니다. 앞으론 바다가 펼쳐져 있어 언제든지 싱싱한 생선을 공급할 수 있고, 뒤로는 평원이 펼쳐져 있어 넓은 농토가 형성되어 있습니다. 또 저 멀리 북쪽에는 미카 와 고원이 북풍을 막아주고 있습니다. 덕분에 이곳 신민들은 아 주 풍요롭게 살 수 있고, 그래서 이곳의 지명이 풍요롭다는 뜻의 토요, 즉 풍(豊)을 쓰는 것입니다."

열차는 다시 달려 오후에는 시즈오카(靜岡) 역을 지나갔다. 시즈오카 역 앞에도 역시 호수 같은 바다가 펼쳐져 있었다. 수루가 만(駿河湾)이라고 했다. 수루가 만은 미카와 만보다 훨씬 넓고 아득했다.

만을 따라 한참을 달리다 후지 역에 이르러 열차가 섰다. 그곳에서 일본인들이 침이 마르도록 찬양하던 후지 산을 볼 수 있었다.

후지 산은 구름 위에 떠 있는 삿갓 같았다. 후지 역에서 후지 산까지는 수십 리나 되는 거리라고 했지만, 후지 산은 마치 지척에 있는 것처럼 선연히 그 정상을 드러내고 있었다.

"맑은 날에는 수백 리 밖에 있는 도쿄에서도 후지 산의 정상을 볼 수 있습니다."

곤도는 특유의 감탄 어린 표정을 지으며, 후지 산에 대해 세세한 설명을 늘어놓았다. 하지만 내게 후지 산은 그다지 인상적인 광경이 아니었다. 그저 높기만 높고, 그다지 경관이 수려하다는 생각을 하지 못했다.

"후지 산은 항상 정상에 눈이 내린다고 하던데, 어째서 오늘은 눈에 덮여 있지 않은가?"

"여름엔 잠시 눈이 녹습니다. 대개 6월에서 8월 사이엔 눈이 녹는 경우가 많은데, 오늘은 눈이 녹았나 봅니다. 하지만 선명하지 않아서 그렇지 정상엔 항상 눈이 덮여 있습니다. 그래서 만년설이라고 하는 것이지요. 전하께서 만약에 가을에 오셨다면 단풍과 선명한 눈이 어우러진 아름다운 풍경을 보실 수 있을 텐데, 참으로 안타깝습니다."

곤도는 그렇게 말했지만, 나는 전혀 안타깝지 않았다. 차라리 내가 그 시간에 삼각산 앞에 서 있지 못한 것이 안타까웠다.

후지 역을 떠난 열차는 곧 하코네(箱根) 산맥을 가로질러 달렸다. 그곳 하코네는 온천이 잘 발달되어 있다는 말을 듣고, 온천욕 생각이 간절하였다. 열아홉 살 때쯤 아바님과 온천욕을 다녀온 적이 있었는데, 매우 기분 좋은 경험이었다. 그래서 귀국길에 하코네에 잠시 머무르며 온천욕을 했으면 좋겠다는 생각을 했다.

하코네 산맥을 넘은 열차는 다시 바다를 끼고 달렸다. 그곳 바다는 사가미나다(相模灘)라 부른다고 하였다. 사가미나다엔 짙은 안개가 드리워져 있었다. 그 안개 너머로 끝도 없는 대해가 펼쳐져 있고, 그 대해를 건너면 미국 땅이 나온다고 하였다.

사가미나다 해변의 안개 속을 달리면서 곤도는 이제 동경역이 멀지 않았다고 하였다. 동경역에는 데라우치 총리대신을 비롯하여 여러 황족과 귀족이 기다리고 있다고 하였다.

데라우치의 이름을 듣자, 사무라이라는 단어가 스쳐갔다. 늘 내 앞에서 사무라이 정신을 강조하던 자였다. 일본의 쾌거는 모두 사무라이 정신의 승리라고 입버릇처럼 말하던 자였다. 스스로를 사무라이의 아들이라고도 했고, 자신의 아버지는 자랑스러운 사무라이였다고도 했다. 그는 말은 별로 많지 않았지만, 일단 말을 끄집어내면 반드시 사무라이라는 단어를 언급했고, 그러면 자신도 모르게 흥분하여 말이 많아졌다. 자신의 개인사는 좀처럼 말하지 않았지만, 사무라이와 관련된 일들은 묻지 않아도 털어놓았다.

처음 만난 자리에서도 그는 사무라이라는 말로 시작하여 사무라이라는 말로 끝을 맺었다.

그를 처음 본 것은 경술년 5월이었다. 이토에 이어 소네 아라스케가 통감으로 와서 약 1년간 머물고 갔는데, 그 후임으로 온 자가 데라우치였다.

데라우치의 첫인상은 오랜 풍상을 견뎌낸 바윗덩어리 같았다. 아마도 그자의 대머리가 내게 그런 인상을 주었을 것이다. 대머리에 아래로 유난히 짙은 눈썹, 윗입술을 완전히 덮은 콧수염, 여간해서 웃는 일이 없는 얼굴, 단정적이고 위협적인 말투, 허리에 늘어뜨린 칼과 늘 그 칼 손잡이를 잡고 있는 오른손. 어느 구석도 정감이 가지 않는 자였다.

이토가 교활하고 명석한 유세가의 부류라면 데라우치는 목적을 위해선 수단과 방법을 가리지 않는 낭인 부류였다. 그때 나는 이미 이토에게 익숙해져 있던 터라 데라우치는 낯설고 꺼려지는 상대였다.

데라우치와 처음으로 식사를 하던 기억이 생생하다. 그자는 식사 자리에서 밥은 먹는 듯 마는 듯 시늉만 하고 계속 고개를 쳐들고 콧잔등을 찡그렸다. 무슨 냄새인가가 자신의 심기를 몹시 불편하게 한다는 표현이었다. 데라우치는 유독 마늘 냄새와 김치 냄새를 싫어했다. 마늘과 김치뿐 아니라 조선의 모든 음식 냄새에 거부감을 드러냈다. 이토는 나와 만날 때 때때로 한복을 입기도 하고 조선 음식을 기분 좋게 즐기는 모습을 보이기도 했는데, 데라우치는 늘 군복 차림이었고, 단 한 번도 조선 음식을 유쾌한 얼굴로 대하는 것을 본 적이 없다. 이토는 무슨 일이든 설득과 논리를 앞세웠지만, 데라우치에겐 설득 같은 것은 기대할 수 없었다. 그의 말은 짧고 간단했다.

"힘은 칼날에서 나오고, 칼은 피를 먹을수록 명검이 됩니다. 이것이 사무라이가 믿는 진실입니다."

"나는 아버지도 사무라이이고, 할아버지도 사무라이입니다. 사무라이는 말 많은 것을 싫어합니다. 칼날은 말이 없는 법이니까요."

"사무라이는 죽음은 받아들이지만 패배는 받아들이지 않습니다. 대신 할복을 택합니다."

"사무라이는 온몸이 칼입니다. 칼은 먼저 베는 자를 주인으로 섬깁니다."

"칼날 앞에선 모두 평등한 법이지요. 황제든, 왕이든, 평민이든, 종놈이든 모두 똑같은 목숨이지요. 이것이 사무라이가 믿는 유일한 사상입니다."

데라우치의 말은 사무라이와 칼이 전부였다. 그는 자신의 말처럼 모든 문제를 칼로 해결했다. 언젠가 이완용의 집을 방문했다가 개가 짖자, 나라의 주인이 누군지도 모르는 것은 개라도 살려둘 수 없다며 칼로 목을 쳤다는 소문이 돌기도 했다.

하지만 데라우치가 총독에서 물러나 일본으로 돌아간 뒤에야 나는 그 소문이 거짓임을 확인할 수 있었다. 늘 칼을 입에 달고 사는 데라우치였지만, 정작 그는 칼을 휘두를 수 없는 몸이었다. 젊은 시절 반란군을 진압하러 나갔다가 오른팔이 불구가 되었다고 했다. 그는 그 사실을 감추기 위해 늘 오른손을 칼 손잡이에 올려놓았던 것이다.

어쩌면 데라우치는 스스로 칼을 쓸 수 없었기 때문에 더 칼을 앞세웠는지도 모른다. 그가 무단정치를 표방한 것도 자신의 결점을 감추기 위한 수단이었을 것이라는 생각이 들었다. 어쨌든 그는 모든 문제를 칼로 해결했다.

경술년 합병 직후에 데라우치 암살 미수 사건이 있었다. 조선

선각 105명을 잡아들여 감옥에 넣은 사건이었는데, 데라우치는 증거도 조사도 없이 마구잡이로 이들을 잡아들였다. 그리고 그 공으로 백작으로 승자한 후에 측근에게 이런 말을 했다고 한다.

"법관들은 증거에 연연하다가 쥐새끼는 못 잡고 쥐똥만 찾아내지만, 사무라이의 칼은 단숨에 쥐들의 목줄을 끊어놓았다."

데라우치는 그런 사무라이식 법칙으로 육군 원수에 올랐고, 일본의 총리대신이 되었다. 데라우치가 총리가 되어 일본으로 돌아가기 전에 나는 인정전에서 그를 만났다. 막 가을 단풍이 시작될 무렵이었는데, 그때 그는 예의 표정 없는 얼굴로 내게 이런 말을 남기고 갔다.

"전하, 칼보다 강한 것이 무엇인 줄 아십니까? 세월입니다. 때가 되면 이렇게 단풍이 들고 낙엽이 지는 것입니다. 그 어떤 사무라이도 세월을 칼로 베지는 못하니까요."

나는 그 말이 정확하게 무슨 의미인지 잘 알아듣지 못했다. 낙엽이 나를 비유한 것인지, 아니면 일본을 비유한 것인지 선뜻 판단이 서지 않았다.

한참을 졸음에 취해 있었던 모양이다. 잠에서 깨어났을 때, 열차는 동경 역사로 진입하고 있었다. 허리가 아프고 다리가 저렸다. 이미 오후 다섯 시가 넘은 시간이었다. 나고야에서 정차 한

번 없이 8시간도 넘게 달려온 셈이었다.

동경역에는 일황의 칙사와 사자, 그리고 황족 대표들, 데라우치 총리대신과 육군과 해군의 원수들, 귀족원과 중의원의 의장과 의원들, 조야의 명망가들을 합쳐 천여 명이 운집해 있었다.

나는 역장의 안내를 받아 열차에서부터 이어진 붉은 융단을 밟으며 역사에 들어섰다. 동시에 장엄한 음악이 흘렀고, 음악이 끝나자 융단이 끝나는 지점에 모여 있던 일인들은 환호성을 지르며 박수를 쳤다. 칙사가 앞으로 나와 나를 맞이하였고, 황족들도 손을 내밀었다. 그 뒤로 데라우치가 따라 나와 가볍게 고개를 숙이고 손을 내밀었고, 그 외에도 숱한 인사들이 머리를 숙이며 손을 내밀었다. 나는 그들에게 일일이 답례를 하였다. 그러면서 나는 잠시나마 내가 뭔가 대단한 일을 수행하고 온 영웅이라도 된 것 같은 착각에 빠졌다.

나는 그 의아한 기분을 주체하지 못한 채 역사를 빠져나와 궁내성에서 보낸 의장마차에 올랐다. 내 양옆으로 접대위원장 이토 히로쿠니와 찬시장 윤덕영이 앉았다. 의장마차 앞뒤로 의장대 병사들이 느린 걸음으로 움직였고, 거리에 쏟아져 나온 일본 신민들이 양옆으로 도열한 채 의장 행렬을 구경하였다.

마차 위에 오르자, 역사 주변이 한눈에 들어왔다. 이토가 그토록 자부심을 드러내며 자랑했던 동경 역사의 위용은 과연 대단했다. 화려하고 짜임새 있는 건축술과 남대문역은 비교도 되지 않을 정도의 엄청난 규모가 나를 압도했다. 또한 역사 주변에 들어선 거대한 서양 건축물과 넓고 잘 정비된 도로는 모두 이토의 말 그대로였다.

의장마차가 지나가면 신민들은 박수를 치고 손을 흔들었고, 나는 그들에게 손을 흔들어 답례를 했다. 그런 신민들의 행렬은 나의 숙소인 가스미가세키 별궁까지 이어졌고, 그 길을 가는 내내 나는 이토의 얼굴을 떠올렸다.

이토는 웅장한 동경역에도 있었고, 동경의 도로 바닥에도 있었으며, 높게 치솟은 서양 건물들의 벽면에도 있었다. 그리고 건물 사이로 보이는 푸른 하늘이 모두 이토의 얼굴이었다. 나는 그 이토의 얼굴들을 일일이 확인하며, 나도 모르게 고개를 숙였다.

별궁에 도착하자, 윤덕영은 매우 고조된 음성으로 히로쿠니에게 이렇게 말했다.

"정말, 일본이란 나라는 알면 알수록 대단한 나라군요. 저는 오늘 눈이 어지러워 멀미가 다 났습니다."

윤덕영의 말은 사실이었다. 나 역시 멀미를 느낄 정도였다. 한성과는 비교할 수 없을 정도로 발전된 동경의 모습에 주눅이 들지 않을 수 없었다. 머리가 멍멍했다. 어디서부터 생각을 정리해야 할지 감이 잡히지 않았다. 그러면서 나는 요시히토 일황을 만나기도 전에 이미 그에게 무릎을 꿇어버린 나를 발견했다.

나는 당황했다. 이토록 쉽게 무릎을 꿇어버린 내 자신을 용납하기 힘들었다. 이토가 그토록 침을 튀겨가며 동경의 발전상에 대해 열변을 토할 때도 나는 늘 고개를 가로저었다. 모든 것이 나를 주눅 들게 하기 위한 이토의 수작에 다름 아니라고 생각했다.

하지만 이토의 말은 모두 사실이었다. 아니 이토의 말은 오히려 축소된 느낌이었다. 동경은 이토가 설명했던 것보다 훨씬 거대하고 웅장하고 위압적인 도시였다.

나는 그동안 왜 사람들이 일본만 다녀오면 일본을 본받아야 한다고 주장하는지 이해하지 못했었다. 나는 그저 그들이 친일 분자이기에 일본을 칭송한다고 생각했다. 하지만 일본은 내가 상상했던 것보다 훨씬 거대하고 아득한 존재였다. 그 사실을 나만 모르고 다 알고 있었는지도 몰랐다.

그렇게 넋을 놓고 앉아 있는데, 데라우치가 찾아왔다. 군복이 아닌 총리대신의 복장을 한 그가 낯설었다. 총독으로 있을 때, 항상 군복만 입고 있던 그였다.

"전하, 오랜만에 뵙습니다."

"옷이 참 잘 어울리십니다."

"평소엔 늘 군복을 착용하는데, 오늘은 날이 날인지라……."

데라우치는 어울리지 않게 멋쩍은 표정을 지었다. 수년 동안 그를 보았지만, 그런 표정은 처음이었다. 못 본 지 불과 8개월 남짓밖에 되지 않았는데, 데라우치는 많이 변해 있었다. 도저히 부서질 것 같지 않던 화강암 같던 얼굴은 어느새 주름이 생기고 틈이 생겨 갈라질 것 같은 느낌이었다. 수염에도 흰색이 많아졌고, 수염의 윤기도 많이 죽어 있었다.

무엇이 이자를 이렇게 변하게 만들었을까? 나는 그런 생각을 하면서 갑자기 묘한 기분에 사로잡혔다. 어쩌면 동경의 시가지도 데라우치의 얼굴 같은 것이 아닐까 하는 생각이 들었다. 얼핏 보기엔 도저히 부서질 것 같지 않은 거대한 바위 같지만 자세히 살펴보면 금이 가고 틈이 생겨 점차 부식되고 있는 그런 느낌. 우습게도 나는 데라우치의 그런 모습에서 작은 희망을 발견했다.

데라우치가 나가고 난 뒤에 나는 이렇게 중얼거렸다.

"칼보다 강한 것은 세월이다."

4장

메이지

　동경에 도착한 다음 날엔 하루 종일 휴식을 취했다. 다행히 아무도 찾아오지 않았고, 아무런 행사도 없었다. 오전 내내 잠만 잤다. 아무리 일어나려 해도 까부라져 몸을 가눌 수가 없었다. 눈을 감으면 끊임없이 꿈이 계속되었다. 처음 기차를 탔을 땐 함께했던 엄 내관의 모습을 본 듯도 했고, 어마님의 모습을 본 듯도 했다. 그리고 이토의 모습도 언뜻언뜻 기억에 남았다. 하지만 구체적인 내용은 떠오르지 않았다. 분명한 것은 모두 사라진 사람들만 꿈에 나왔다는 것이었다.
　그렇게 비몽사몽간에 오전을 보내고 가까스로 몸을 추슬러

점심을 먹은 후에 곤도를 불렀다. 무료하던 터라 이런저런 질문을 하며 일본 황실에 대해 품고 있던 몇 가지 궁금증을 해소해 볼 요량이었다.

"내가 듣기론 원래 일본의 도읍은 교토(京都)라고 하던데……."

"그렇습니다. 원래 천황궁은 교토에 있었는데, 메이지(明治) 폐하께서 이곳 도쿄로 천도하셨습니다. 원래 도쿄의 지명은 에도(江戶)였고, 도쿠가와 막부 소유였던 에도성을 궁성으로 정하셨습니다."

"천황께서 막부의 성으로 오셨다는 것인가?"

"그렇습니다. 원래 일본은 메이지 폐하 이전에는 천황께서 직접 정치를 하지 않으시고 모든 것을 막부에 맡겨놓았습니다. 그러다 메이지 천황께서 막부를 후선으로 밀어내고 직접 정치를 하신 것이지요. 이것이 이른바 메이지 유신의 시작이었습니다."

"그래도 에도 성은 신하가 머무르던 곳인데, 어찌 주군이 신하의 성을 궁성으로 삼는단 말인가?"

"권력을 장악하고 있던 막부의 힘을 모두 천황께서 되찾아 오셨다는 상징이라 보시면 됩니다."

메이지, 즉 무쓰히토가 동경으로 천도했을 때, 그의 나이는 불과 열여섯 살이었다고 했다. 열여섯 살의 어린 황제가 무슨 힘으로 천도를 단행했을까 싶었다. 결국 무쓰히토도 신하들의 싸움판에 휘말려 있었을 게 분명했다. 나의 그런 짐작을 확인이나 해주듯 곤도는 무쓰히토가 막부를 척결하고, 번신들의 힘을 빼앗아 중앙집권화를 완성하기까지 일본 내에 수많은 내전이 있었음을 설명했다. 무쓰히토는 그 내전을 종결한 뒤, 대륙 진출을 기치로 내걸고 대한제국을 병합했던 것이다.

곤도는 메이지 천황이야말로 불세출의 성군이라고 찬양에 찬양을 거듭했다. 청일전쟁과 러일전쟁에서의 승리, 그리고 미국과 맺은 불평등 조약의 개정을 통해 미국과 구라파의 강국들과 어깨를 나란히 하게 됐다는 말을 쏟아낼 땐, 그의 눈에 눈물이 그렁거렸다.

곤도 덕분에 나는 일본의 내부 사정에 제법 일가견이 생겼다. 이전에 비록 이토와 일본을 다녀온 신하들에게 들은 말들이 있긴 했지만, 그다지 자세하지도 않았고, 체계적이지도 못했다. 하지만 곤도의 설명은 매우 구체적이고 체계적이었다.

그의 말을 다 듣고 나자, 나는 일본이 강국으로 성장하는 데 걸린 시간이 불과 40년 남짓이라는 계산을 하고 내심 놀랐다. 무쓰히토가 왕위에 오른 것이 정묘년(1867년)이었고, 그가 죽은 해가 임자년(1912년)이었다. 무쓰히토가 45년의 재위 기간 동안에 한 일은 참으로 엄청난 것이었다. 지역의 번신들을 이용하여 막부로부터 왕권을 되찾아오고, 다시 번신들의 힘을 약화시켜 중앙집권화를 확립하였으며, 이어 구라파의 제도를 받아들여 입헌군주제를 실시했다. 거기다 청과 러시아 같은 대국들과 전쟁을 벌여 승리하고, 미국을 비롯한 구라파 열강들과 맺은 불평등 조약을 개정하였으며, 정한론을 성사시켜 조선을 병합했다. 뿐만 아니라 만주까지 진출하여 청과 러시아의 영토를 노릴 수 있는 기반을 만들었다.

그런 생각이 들자, 나는 무쓰히토가 부러웠다. 힘없는 왕으로 태어나 신하들을 이용하여 힘을 되찾고, 다시 그 신하들의 힘까지 빼앗아 왕권을 확립했던 그의 지략과 능력이 존경스러웠다.

무쓰히토가 왕위에 오르기 전에 조선에도 서구 열강의 침입이 있었다. 그 병인년(1866년)의 양요가 있었을 때, 개화의 눈을 뜨고 새로운 문물을 받아들였다면 무쓰히토가 아닌 아바님께서 조선의 성군이 되지 않았을까 하는 아쉬움이 찾아들었다. 또 미국 상선이 대동강에 나타나 교역을 요구했을 때 그들을 끌어들여 그들의 문물을 배우고 익혔더라면 나라를 빼앗기는 설움과 고통을 당하지 않았을 것이라는 생각도 들었다.

곤도가 들려주는 무쓰히토의 무용담은 그렇게 나를 점점 아쉬움과 후회의 늪으로 밀어 넣었다. 곤도도 어느 순간 내 얼굴에서 그런 마음을 읽어낸 모양이었다. 그는 일본이 한국을 병합한

이야기는 대충 몇 마디만 하고 슬쩍 넘어갔다. 내 심기를 헤아린 처사리라.

미우라

저녁 무렵엔 곤도가 문서 하나를 들고 찾아왔다.

"전하, 영광스럽게도 소관이 내일 천황 폐하께 올릴 전하의 말씀을 문안으로 작성하라는 명령을 받았습니다. 그래서 밤을 꼬박 새워 문안을 작성하였더니, 고쿠부 차관과 민병석 장관이 모두 좋다 하였습니다. 이에 조선어로 번역하여 가져왔사오니, 읽어 보시고 결재하여 주십시오."

나는 곤도가 작성한 문장을 살펴보았다. 곤도의 문장은 유장하고 세밀했다. 그 문장들을 읽으면서 나는 내일 내가 할 일이 무엇인지 감을 잡을 수 있었다.

"됐다."

나는 되도록 말을 아꼈다. 잘 만들어졌다고 말하기도 그렇고, 그렇다고 어딘가를 고치기도 그랬다. 하지만 어느 한구석 마음에 걸리지 않은 곳은 없었다.

곤도가 나가자, 고쿠부 차관이 왔다.

"내일 행사에 참석할 명단을 가져왔습니다. 살펴보시고, 문의할 일이 있으시면 하시지요."

나는 명단을 읽어내려 가다가, 눈에 띄는 이름이 있어 물었다.

"이자는 누구인가?"

"미우라 시로 육군 대장 말씀입니까?"

"미우라 고로와 관련 있는 자 아닌가?"

"아, 아닙니다. 그저 성만 같을 뿐 아무 관계도 아닙니다."

"정말인가?"

"그렇습니다."

"알았네. 그만 가보게."

고쿠부가 비록 미우라 시로가 미우라 고로와 아무 관계도 없다고 말했지만, 나는 그 미우라라는 이름이 계속 머리에서 떠나지 않았다. 혹 미우라 시로는 미우라 고로의 아들이거나 친척은 아닐까 하는 의구심 때문이었다. 만약 그렇다면 나는 그 자리에 갈 수 없다고 생각했다. 부모를 죽인 자를 불구대천의 원수라고 하거늘, 어찌 어마님을 해한 자의 혈족과 한자리에 앉아 연회를 가질 수 있겠는가.

미우라 고로!

꿈에서도 잊을 수 없는 이름이었다. 을미년(1895년) 가을의 그 밤, 시퍼런 칼날을 세운 낭인들에게 어마님의 목숨줄을 가져오라고 명령했던 그자의 이름을 내가 어찌 잊어버릴 수 있겠는가?

그해, 음력 8월 20일 새벽 인시에 아바님으로부터 다급한 호출을 받았다. 궁내대신 이경직이 직접 동궁으로 달려와서 아뢰었다.

"세자 저하, 시급히 장안당으로 몸을 피하셔야 하옵니다. 정체를 알 수 없는 자들이 궁궐을 범할 것이라는 급보이옵니다."

옷을 급하게 주워 입고 건청궁 장안당으로 달려가니, 아바님과 어마님이 함께 계셨다.

"저들이 노리는 것은 중전이다. 그러니 중전은 빨리 몸을 피해야 하오."

그리고 궁내대신 이경직에게 물으셨다.

"궁궐을 빠져나갈 방도는 없겠는가?"

"궁궐 주변은 적도들이 포위하고 있을 것이라 더 위험합니다. 차라리 변복을 하고 궁인들 사이에 섞여 있으면 저들이 쉽게 찾아내지는 못할 것입니다. 중전께서는 궁인 복장으로 갈아입으시는 것이 좋겠습니다."

아바님은 그것으로 안심이 안 된다며 다른 방도를 물색하셨다.

"안 되오. 어차피 적도들 중에 중전을 알아보는 자들이 있을 것이오. 달리 숨을 곳을 찾아야 하오."

하지만 어마님은 달리 생각해둔 방도가 있다며 염려말라는 말씀을 하고 돌아서셨다. 어마님이 장안당을 나설 때, 아바님은 다시 다급하게 다른 안을 내셨다.

"차라리 나와 함께 있는 것이 어떻겠소? 나와 함께 있는데 저들이 감히 어찌하겠소?"

그러자 어마님은 그리 되면 아바님과 동궁까지도 위험해진다시며 급히 자리를 뜨셨다. 나는 차라리 내가 어마님과 함께 대궐을 빠져나가겠다고 했으나 아바님은 절대 안 될 일이라고 말씀하시며, 꼭 아바님 곁에 붙어 있어야 한다고 신신당부하셨다.

나는 그렇게 어마님을 보필하겠다고 말했지만 내심 자신은 없었다. 또 어마님께는 임오년의 난리 통에도 살아나신 것처럼 분명히 좋은 복안이 있을 것이라 생각했다. 어마님은 어떤 상황에서도 결코 목숨을 잃을 분이 아니라는 확신이 내겐 있었다.

어마님이 떠나고 채 한 시간도 되지 않아 바깥에서 총성이 들리고, 아우성이 어우러졌다. 그리고 엄 내관이 뛰어들며 소리쳤다.

"전하, 훈련대 연대장 홍계훈이 적도들의 총에 목숨을 잃었다고 하옵니다."

"적도들은 어떤 무리라고 하더냐?"

"알 수 없다고 하옵니다. 훈련대 병력 같기도 하고, 대원군의 수하들이라는 말도 있습니다. 또 일본인들이 변장을 하고 몰려 온다는 말도 있습니다.”

“경비대는 어디 가고, 시위대는 어쩌고 있느냐?”

“경비대는 총소리를 듣고 모두 달아났고, 시위대는 적도들과 전투 중이라 하옵니다.”

“적도의 수가 얼마나 된다고 하더냐?”

“적도의 수는 알 수 없고, 사방에서 들이쳤다고 하옵니다. 족 히 수백 명은 되는 듯하옵고, 화기는 신식이라고 하옵니다.”

“그렇다면 일본 군대란 말이더냐?”

“알 수 없는 일이옵니다.”

그러자 이경직이 아뢰었다.

“전하, 저들은 필시 대원군의 무리이거나 개화당의 무리일 것 입니다. 그렇다면 틀림없이 왕비전하를 해하려 할 것입니다. 신이 왕비전으로 가서 보필하겠나이다.”

이경직이 떠난 뒤, 총성은 더욱 가까워졌다. 그래서 내가 아뢰 었다.

“아바님, 이대로 장안당에 머물러 있으면 저들이 해할지도 모 릅니다. 다른 곳으로 피하시는 것이 어떻겠사옵니까? 경복궁은 넓은 궁궐이라 잘 숨어 있으면 저들이 찾지 못할 것입니다. 아침 까지만 숨어 있으면 저들이 물러갈 것입니다.”

하지만 아바님은 듣지 않으셨다.

“아니다. 어두운 곳에서 몸을 잘못 움직이면 오히려 저들의 총탄에 맞을 것이다. 장안당이 가장 안전하다. 세자는 가볍게 움직일 생각은 아예 마라. 내가 저들을 몸으로 막을 것이다.”

그때 바깥을 살피러 나갔던 이 내관이 뛰어들었다.

“전하, 시위대가 저들에게 쫓기고 있습니다. 곧 적도들이 이곳으로 들이닥칠 기세입니다.”

하지만 아바님은 오히려 낮고 조용한 음성으로 주변을 진정시켰다.

“밖에 나간 내관들을 모두 안으로 들어오라 하라. 궁인들도 모두 이곳에 오라 하라. 저들이 비록 설치고 다녀도 이 장안당을 범하지는 못할 것이다.”

아바님의 명에 따라 밖을 살피러 나갔던 궁인들과 내관들이 모두 장안당 안으로 들어왔다.

“너희들은 세자를 보호하라. 절대 저들에게 세자를 내줘서는 안 된다. 상대가 대원군이라고 하더라도 세자만은 내줘서는 안 된다. 알겠느냐?”

아바님은 이미 여러 차례 변란을 겪은 탓인지 크게 두려운 기색이 없으셨다. 다만 어마님에 대한 염려만 하셨다.

그때 바깥이 소란스럽다 싶더니 적도들이 내실로 들어섰다.

본 적이 없는 일본 낭인들이었다. 놈들은 피 묻은 칼날을 번쩍이며 다가섰다.

이 내관과 엄 내관이 아바님을 보호하며 그들을 막아섰다. 그 뒤로 내관들이 막아섰고, 다시 그 뒤로 궁인들이 모두 팔과 팔을 끼우고 섰다.

"무엄하다. 이곳이 감히 어느 안전이라고 너희들이 겁도 없이 덤비느냐? 국왕 전하시다. 무릎을 꿇지 못하겠는가?"

하지만 그들은 전혀 물러설 기색이 아니었다. 오히려 이 내관의 어깨를 칼로 내리쳤고, 엄 내관을 발로 차서 구석에 처박아버렸다.

그들은 행동만 할 뿐 말은 없었다. 그리고 내관과 궁인들을 칼로 위협하여 한쪽 구석에 모두 몰아넣었다. 나는 아바님 앞을 막아서며 소리쳤다.

"너희 왜인들이 무슨 이유로 대전에 칼을 들고 왔느냐?"

하지만 나는 채 말끝을 맺기도 전에 낭인의 발에 배를 차여 쓰러졌다. 그리고 놈은 내 어깨를 잡아채더니, 더듬거리며 우리말을 하였다.

"덤비지만 않으면 죽이지는 않겠소."

그자 앞으로 아바님이 다가서며 소리쳤다.

"이놈! 어찌 타국의 백성이라 하나 일국의 세자에게 이 무슨 무례한 짓이냐? 너는 우리말을 하는 것으로 봐서 학식이 없는 것은 아닐 터, 너는 일본의 황태자에게도 이런 무례를 범하느냐?"

그자는 내 어깨를 밀쳐내고, 아바님의 목에 칼을 겨눴다.

"나는 조선에 왕이 있다는 소리를 듣지 못했소. 조선의 왕궁엔 여왕만 있다는 소리를 들었소. 우리는 그 여우를 사냥하기 위해 왔소."

놈의 음성에서 살기가 피처럼 떨어졌다. 그 음성만으로 나는 이빨이 덜덜 떨렸다. 놈은 칼등으로 아바님의 어깨를 내리눌렀다.

아바님도 더 이상 놈을 자극하지 않았다. 또한 내관과 궁인들에게 경거망동하지 말라고 하셨다. 놈들은 궁인들의 머리에 총을 갖다대며 어마님의 행방을 캐물었다. 하지만 아무도 입을 떼지 않았다. 놈들은 아바님 앞에서 궁인들의 머리채를 휘어잡고 질질 끌고 다녔으나, 어느 궁인도 물음에 대꾸하지 않았다.

그렇게 아침이 밝아왔다. 해가 뜨자, 미우라가 할아바님을 대동하고 나타났다. 아바님께 칼을 겨눴던 낭인의 우두머리도 함께 있었다. 미우라는 기고만장한 얼굴이었다. 아바님은 따지듯이 그에게 물었다.

"정녕 그대가 조선 궁궐을 유린하고, 내게 칼을 들이대고도 살아남을 수 있을 것 같은가?"

하지만 미우라는 당황하는 기색이 전혀 없었다.

"전하께 칼을 겨눈 사람은 이 미우라가 아니라 여기 계신 대원군이시지요. 전하의 아버지 대원군 말이외다."

"무엄하다, 미우라 공사. 감히 그대가 늙고 병든 내 아버님을 앞세워 이런 파렴치한 사변을 일으켰는가?"

미우라의 말을 할아바님이 거들었다.

"조선은 암탉이 나서서 나라를 망쳤다. 내가 일본 군대를 빌려 암탉을 쫓았으니, 조선은 이제 태평성대를 누릴 것이다."

어마님이 종이호랑이가 되었다더니 사실이었다. 대원군은 이미 작고 보잘것없는 늙은이였다. 목소리는 이미 위엄을 잃었고, 등은 굽어 제대로 서 있지도 못했다. 그토록 무섭고 엄하던 눈빛은 이미 생기를 잃은 터였다. 어린시절 나를 노려보던 화살 같은 눈빛은 더 이상 찾아볼 길이 없었다.

"아바님께서는 그렇게 싫어하시던 승냥이 무리에게 혼을 팔아 며느리를 죽이려 한 것입니까? 허나, 중전은 결코 쉬이 죽을 사람이 아닙니다. 임오년에 무덤에서도 살아 돌아온 중전입니다. 그런 중전을 아바님께서 어떻게 이길 수 있겠습니까?"

그 말에 할아바님의 얼굴에 핏기가 사라졌다. 미우라도 긴장한 기색이 역력했다. 나는 그 두 사람의 표정을 보면서 내심 안도의 한숨을 쉬었다. 어마님이 무사한 것이 분명하다는 생각이었다.

잠시 뒤에 미국 공사와 러시아 공사도 건청궁을 찾았다. 미우라는 그들을 만나는 것이 부담스러운지 눈치를 보다 자리를 피했다. 나는 시위대 무관 몇을 데리고 은밀히 궁궐을 뒤지며 어마님을 찾아다녔다.

안타깝게도 이경직은 총에 맞아 사망했고, 궁인 몇이 칼에 맞아 죽었다. 하지만 어마님의 시신은 찾을 수 없었다. 궁인들을 탐문하여 어마님의 소재를 파악하려 했지만 아는 이가 아무도 없었다. 그때서야 어마님께서 달리 생각해둔 방도가 있다는 말씀을 한 것이 떠올랐다. 경복궁 곳곳을 이 잡듯이 뒤졌지만, 결코 어머님은 찾을 수 없었다. 정말 땅으로 숨으신 것인지 하늘로 솟으신 것인지 알 길이 없었다.

그렇게 어마님은 영영 사라지셨다. 들리는 말로는 그날 아침, 미우라가 어마님의 시신을 불태웠다 했다. 아바님도 오랫동안 그 말을 믿지 않았지만, 결국 다 타버린 유골을 수습하여 장례를 치르는 데 동의하셨다. 나는 장례를 치르고도 어마님의 죽음을 받아들이지 않았다. 임오년 때처럼 어느 날 갑자기 가마를 타고 대궐로 돌아오실 것으로 믿었다. 하지만 아무리 기다려도 돌아오지 않자, 나도 조금씩 어마님의 죽음을 현실로 받아들이기 시작했다. 어마님은 미우라 고로에 의해 흔적도 없이 태워져버린 것이라고.

요시히토

　새벽부터 상궁들이 부산스럽게 움직였다. 조 상궁이 황궁에서 궁인 몇을 보냈다고 하였다. 나는 그들의 손에 이끌려 욕실로 갔다. 요시히토가 보낸 여인들의 손길이 온몸을 훑고 지나갔다. 요시히토의 무릎 아래 엎드려 충성을 맹세해야 할 고귀한 몸이었다. 내 몸에 남아 있는 대한제국 황제의 찌꺼기는 땟자국 하나라도 흔적 없이 지워버리라는 명령을 받고 온 그들이었다. 그들의 손놀림은 부드러웠지만, 한편으론 날렵하고 억셌다. 나의 겨드랑이와 고샅과 항문을 그들의 손들이 장악했다. 황제의 냄새가 나는 것이라면 말라비틀어진 대변의 흔적까지도 모조리 없애버릴 기세였다.

　요시히토—

　나는 그렇게 웅얼거려보았다.

　그를 처음 본 것은 내가 황제에 오른 지 석 달쯤 됐을 때였다. 일본의 황태자가 조선을 방문하고 싶어 한다는 말을 듣고 기꺼이 승낙한 뒤였다.

　요시히토의 방문을 앞두고 나는 일본 사정에 밝은 민병석을 불러 그에 대해 알아보았다. 민병석의 말에 따르면 요시히토는 무쓰히토의 적자가 아니라 서자이며, 무쓰히토의 황후 하루코를 친모로 알고 지내다가 소년 시절에 이르러 생모가 따로 있다는 사실을 알고 몹시 충격을 받았다고 했다. 거기다 요시히토는 어릴 때부터 병치레가 잦았고, 그다지 명민하지 않아 귀족들로부터 신망을 얻지 못하고 있다고도 했다.

그런 요시히토의 처지를 듣자, 그에 대한 남모를 정감이 생겼다. 병치레가 잦았다는 것이나 신하들의 신망을 얻지 못한 것이나와 유사했기 때문이다. 또한 서자의 처지란 것도 동정심을 불러일으켰다. 나는 비록 적자이긴 했으나 대원이 할아바님은 끊임없이 나를 서자 취급했었다. 할아바님의 시선에서 나는 한 번도 손자를 대하는 할아비의 다정함을 받은 적이 없었다.

할아바님은 영보당 이씨 소생 완친왕을 세자로 세우지 못한 한을 그런 식으로라도 풀어보고 싶었던 모양이다. 어쨌든 나는 할아바님에겐 항상 눈 밖에 난 그런 손자였다. 거기다 어마님이 돌아가신 후엔 엄비의 눈길에서도 알지 못할 거리감을 느끼며 지내야 했다. 그런 까닭에 나는 적자임에도 은근히 서자 의식에 시달리며 지냈다. 요시히토가 서자라는 사실에 남다른 정감이 갔던 것도 내 마음 깊이 숨어 있는 서자 의식의 발로가 아닐까 싶었다.

요시히토는 예상대로 왜소하고 병약한 모습이었다. 비록 콧수염으로 황태자의 위엄을 갖추려 애쓴 흔적이 보이긴 했지만, 어던가 쓸쓸하고 연약해 보이는 것은 어쩔 수 없었다.

나를 처음 만났을 때, 요시히토는 아주 정중하고 겸손한 인사를 하였다. 허리를 완전히 꺾어 황제에 대한 예의를 갖췄고, 악수를 할 때 역시 고개를 함께 숙이며 낮은 자세를 보였다. 그에게서는 정복자의 거만함이나 승자의 너스레 같은 것은 전혀 느낄 수 없었다. 그저 일국의 황태자로서 타국의 황제를 만나는 자세, 그 자체였다. 그것도 마치 스스로가 승자가 아닌 패자의 황태자인 것처럼 행동했다. 이토를 처음 만났을 때와는 정말 대조적인 느낌이었다.

그는 속에 있는 말을 담아두고 있는 성격이 아니었다. 좋은 것은 좋다고 하고, 싫은 것은 싫다고 표현하는 직설적인 사람이었다. 표현력이 좋은 편도 아니었고, 지식이 풍부한 편도 아니었다. 그저 어린아이처럼 느낀 대로 표현하는 그런 사람이었다.

그는 나를 처음 본 자리에서 꼭 조선어를 배우고 싶다는 말도 했다. 조선의 산천과 궁궐이 너무 좋아 빨리 조선어를 배워 조선 사람과 가까워지고 싶다고 했다. 그리고 빨리 황태자를 보고 싶다고도 했다.

그는 비록 나이는 나보다 다섯 살밖에 어리지 않았지만, 얼핏 십 대의 소년을 대하고 있는 느낌을 주었다. 어찌 보면 나보다는 유길과 말이 잘 통할 것 같은 생각이 들었다.

유길을 만나본 후, 요시히토는 황태자가 너무나 귀엽고 사랑스럽다고 했다. 그래서 가능하다면 자신이 일본으로 돌아갈 때 함께 갔으면 좋겠다고 했다. 일본에서 함께 지내면서 많은 것을 가르쳐주고 싶다는 말도 덧붙였다.

나는 요시히토가 유길을 좋아하는 것이 매우 다행스런 일이라고 생각했다. 유길은 어차피 일본으로 가야 할 처지였기 때문이다. 나는 유길을 잘 부탁한다고 하였다. 요시히토는 자기 힘이 닿는 데까지 최선을 다해서 유길을 돌봐주겠다고 약속했다.

요시히토—

나는 다시 웅얼거려보았다. 그를 본 것이 꼭 10년 전이었다. 10년 동안 그는 무쓰히토를 이어 황위에 올랐고, 일본의 국력을 더욱 신장시켰다. 더구나 이제 나는 그의 신하가 되었고, 그는 나의 군주가 되었다. 더 이상 그는 내가 동정 어린 시선으로 볼 수 있는 그런 상대가 아니었다.

이제 그도 불혹에 이른 나이였다. 10년 전에 보았던 왜소하고 병약한 애송이가 아니었다. 그런 요시히토가 어떤 모습을 하고 있을지 자못 궁금했다.

그가 보낸 시녀들이 내 몸의 땟자국을 벗겨내고, 그가 보낸 신하들이 나에게 군복을 입혀 그 앞에 무릎을 꿇릴 것이다. 무릎 꿇은 나를 바라보는 그의 얼굴은 어떤 표정을 하고 있을까? 그를 처음 보았을 때처럼 여전히 나는 그에게 동정심을 느낄 수 있을까? 아니면 그가 나를 동정 어린 눈으로 바라볼 것인가?

굴복

나는 육군 대장 복장을 하고 담담하게 의장용 마차에 올랐다. 내 옆자리엔 윤덕영과 이토 히로쿠니가 앉았다. 별궁을 떠나 황궁으로 들어가는 길엔 신민들이 도열해 있었다. 황궁 입구엔 해자가 가로놓여 있고, 그 해자를 건너기 위해선 니주바시(二重橋)를 건너야 했다. 황궁에 도착한 뒤 하세가와와 윤덕영을 양옆에 세우고 봉황실로 들어섰다.

요시히토는 이미 봉황실에서 나를 기다리고 있었다. 그는 대원수의 정장에 금치로 만든 대수를 왼쪽 어깨에 두르고 나를 향해 서 있었다. 나는 요시히토 앞으로 몇 발자국 다가가 절을 했다. 내가 절을 하는 동안 윤덕영과 하세가와가 좌우에서 나를 도왔다. 절을 마친 뒤에 나는 곤도가 작성한 글을 읽어 내렸다.

성상 폐하, 신 이척 지금에서야 용안을 뵙습니다. 이미 오래전에 알현하여

신하의 예를 갖춰야 했지만 육신에 숙병이 있어 먼 길을 나서지 못한 까닭에

본의 아니게 불충을 저질렀나이다. 오늘날 바야흐로 하늘이 대일본국을 축복하여 천황 폐하로 하여금 천하를 다스리게 하였고, 신 또한 그 다스림을 영광스럽게 여겨 성상 뵙기를 날로 소원하였사오니, 이제 성상의 존안을 뵙게 되어 기쁘기 한량없사옵니다.

성상께서 신의 세자 은을 거둬 가르치고 입힌 지 어언 10년의 세월이 흘렀고, 그동안 세자가 날로 성숙하고 총명해졌으니, 이 모든 것이 성상의 은혜이옵니다. 세자 은을 궐하에 거느리고 세상의 이치를 알려주고 학문의 정수를 전수하신 덕에 은이 하루가 다르게 성장하여 이제 스스로 계몽의 뜻을 알고 실천하니, 이보다 값진 선물이 어디 있다 하겠습너까?

익히 폐하께서는 두루 천하의 견문을 넓혀 학문이 깊고 학덕이 높으시고, 세자 은이 이를 본받아 나날이 개화되고 웅지를 키우니, 신 이척 그 모든 은혜를 어찌 갚을까 헤아릴 수 없나이다.

이번 방문에 신의 아비도 동행했으면 좋았을 것이나 연로하여 여독을 이기지 못할 듯하여 함께하지 못했나이다. 왕비도 건강이 좋지 않아 먼 길을 움직일 수 없어 동행하지 못했나이다. 이 또한 불충인 줄 아오나 육신을 마음대로 할 수 없어 생긴 결과이니, 부디 용서해주시기 바랍너다.

신의 동경 방문에 즈음하여 신이 오는 길목마다 세세한 배려를 아끼지 않으시니, 과분한 모든 은사가 꿈인가 생시인가 하나이다. 여정의 모든 여각과 궁궐마다 적재적소에 뛰어난 일꾼들을 배치한 덕분에 신은 거칠고 음습한 산길조차 그저 비단결 같은 느낌으로 올 수 있었으니, 모든 것이 광영이 아니고 무엇이겠나이까?

신이 동경 역사에 이르러 보니, 폐하의 모든 신하와 황실의 모든 인사가 저를 마중한바, 이 융숭한 대접에 몸 둘 바를 모르겠으며, 아름답고 찬란한 동경의 시가지를 바라보며 천황 폐하의 안목과 영도력에 감탄을 금할 수 없었사옵니다.

이제 감히 오늘 황궁에서 천황 폐하의 존안을 뵙고, 신 이척은 작은 가르침이라도 얻고자 하오니, 부디 성가시다 마시고 가르쳐주시기를 바라옵나이다.

다시 한 번 신 이척 성상 폐하의 융숭한 대접에 송구스럽고 감격스런 마음 전해 올리며, 삼가 감사를 드립니다.

내가 글을 모두 읽자, 통역이 나서서 다시 한 번 일본말로 반복하였다. 그 내용을 다 듣고 요시히토는 보일 듯 말 듯 웃음을 지었다. 그리고 내게 다가와 병약한 몸으로 먼 길을 와준 것에 대해 진심으로 환영한다는 말을 하였다. 내가 절을 하고 물러나자, 윤덕영과 하세가와 그리고 수행한 모든 대신의 이름이 하나하나 불렸다. 그들이 모두 요시히토에게 예를 올리고 있는 동안 나는 그저 물끄러미 그 광경을 지켜보았다. 이상하게 아무런 느낌도 없었다. 굴욕감도 회한도 느껴지지 않았다. 그저 나는 논 한가운데 선 허수아비처럼 서서 그들을 관망할 뿐이었다. 내 눈에 비친 그들은 그저 논바닥에 떨어진 쌀알들을 주워 먹는 참새들처럼 보였다.

천황 요시히토의 모습에선 10년 전의 병약하고 쓸쓸한 황태자의 모습이 그대로 남아 있었다. 비록 세상을 호령하는 천황에 오르긴 했으나 그는 여전히 불안하고 여린 느낌을 안겨다주었다. 불혹의 나이가 주는 안정감 같은 것은 찾아볼 길이 없었다. 나는 10년 전에 그랬던 것처럼 여전히 그에게 동병상련 같은 것을 느낄 수 있었다. 도대체 무엇이 요시히토의 마음을 괴롭히는지 알 수 없었지만 그의 모습에선 승자의 여유 같은 것은 보이지 않았다. 오히려 그도 나와 같이 패배의 아픔을 간직하고 있는 느낌이었다.

어째서 그는 여전히 불행해 보일까? 어째서 그는 나라 잃고 왕실을 빼앗긴 나 같은 폐주의 얼굴을 하고 있는 것일까? 그는 나와 대신들의 알현을 받는 것조차 힘겨워 하는 것 같았다. 그는 정녕 승자가 아니란 말인가? 그렇다면 승자는 도대체 누구인가?

대신들의 예가 모두 끝날 때까지 나는 그 의문에서 벗어나지 못한 채 황후전으로 갔다. 요시히토의 황후 사다코는 옅은 하늘색 양장을 입고 나를 맞이했다. 나는 사다코 앞에 나아가 절을 올리고, 곤도가 써준 글을 읽어 내렸다.

황후 폐하, 신 이척 지금에 와서야 옥안을 뵙습니다. 신이 게으르고 병약하

여 쉬이 바다를 건너지 못한 터라 수년 동안 알현을 미뤄왔습니다. 다행히 오늘에 이르러 그 불충을 씻을 기회을 얻었사오니, 부디 너그럽고 인자한 마음으로 신의 불충을 용서하여 주시옵소서.

이제 옥안을 뵙고 안부를 직접 여쭐 수 있게 되어 참으로 기쁘기 한량없사옵니다. 또한 그간 세자 은을 친히 돌봐주시고 키워주신 은혜에 깊이 감사드리옵니다.

신의 방문에 즈음하여 황실이 물심양면으로 도와주신 점 큰 은혜로 여겨 일생 동안 잊지 않겠사옵니다. 이렇듯 융숭한 대접을 받아 몸 둘 바를 모르겠사옵고, 그 감격스럽고 송구스런 마음을 담아 깊이 감사드리옵니다.

내 말을 듣고 사다코는 엷은 미소를 보이며 원행에 고생이 많았다는 짧은 인사를 하였다.

사다코의 방에서 물러나와 운메이덴(溫明殿)이라 불리는 황실 신전으로 갔다. 운메이덴은 황궁에서 제법 먼 곳에 있어 마차를 타고 가야 했다. 그곳에서 일본식으로 참배 의식을 거행한 뒤에 별궁으로 돌아왔다. 그리고 오후 2시에는 동궁으로 가서 황태자인 히로히토를 방문했다.

히로히토는 요시히토보다 더 왜소한 체격이었다. 아직 십 대의 나이라 체격이 제대로 갖춰지지 않은 탓도 있었지만, 그래도 열일곱 살이라는 나이에 비해 너무 작은 체구였다. 하지만 요시

히토와는 달리 눈빛은 날카로웠다. 말투도 의젓하고 쉽게 마음
을 드러내지도 않았다. 그럼에도 어딘가 모르게 외로움이 느껴
졌다.

왕좌란 그렇게 외롭고 쓸쓸한 자리였다. 이미 나도 오래전에
경험했던 감정이 아니던가. 그런데 왜 그 모습이 이제 낯설게만
느껴지는 것일까?

동궁을 나서면서 나는 그런 의문에 사로잡혀 있었다. 하지만
그 의문은 쉽사리 풀리지 않았다.

어쨌든 동궁 방문을 끝으로 나는 동경에서의 3일째 일정을 모
두 마쳤다. 숙소에 돌아왔을 땐 오후 5시가 넘은 시간이었다. 잠
시 휴식을 취한 뒤, 저녁을 먹고 일찍 침실에 들었다. 몸은 몹시
피로했지만 잠은 오지 않았다. 도대체 오늘 나는 무슨 일을 한
것일까? 내가 한 일의 의미는 무엇일까? 그런 생각들이 스쳐갔지
만 마땅한 답을 얻을 수 없었다. 그저 머릿속이 멍멍할 뿐이었다.
아무 생각도 하기 싫었지만, 그래도 뭔가가 머릿속을 계속 헤집
고 다녔다. 나는 그 실체를 찾아내기 위해 안간힘을 썼다. 그러나
그것은 그저 거대한 그림자만 드리울 뿐, 아무 형체도 보여주지
않았다.

나는 오늘 무슨 짓을 한 것일까? 그런 의문이 그 거대한 그림
자를 휘감으며 머리를 어지럽혔다. 그러면서 나는 그림자 속에서

뭔가를 보았다. 처음에 그저 그것이 검은 그림자 속에 있는 작은 틈이 아닐까 싶었다. 그런데 그 틈이 점점 벌어지더니 점차 분명한 형체로 다가왔다.

그것은 뼈였다. 뼈 곳곳에 검댕이 보였다. 타다 만 뼈였다. 뼈에 재와 모래가 뒤섞여 부위를 알아낼 수 없었다. 훈련대 참위 윤석우의 말에 의하면 그 뼈들은 궁궐에 일본 낭인들을 이끌고 들어왔던 우범선이 향원정 연못에 넣으려고 했던 것이라 했다. 윤석우의 추측으론 그것이 곧 어마님의 유골이라는 것이다. 들리는 말에 의하면 미우라는 변이 일어났던 새벽에 경복궁에서 어마님의 시신을 확인하고 수하에게 태우라고 지시했고, 낭인들은 어마님의 시신을 문짝에 올리고 이불을 덮은 뒤에 건청궁 동쪽 녹원 숲 속에서 장작더미에 올려놓고 석유를 뿌려 태웠다 했다. 물론 나는 그 말을 믿지 않았다. 그리고 그 뼈들이 어머님의 유골이라고 믿지도 않았다. 하지만 아바님은 그 뼈들을 추려 장례를 치러야 한다고 하셨다.

아바님은 그 뼈들에 석회를 발라 인체의 형상을 만든 다음 수십 벌의 비단옷을 입혀 관에 눕히도록 하셨다. 엄 내관과 이 내관이 그 일을 주관했는데, 내게 과정을 소상히 알려주었다. 그리고 마침내 입관을 할 때에 나는 비단옷을 입은 유골과 마주하였다. 석회로 만든 어마님의 얼굴이 관 속에 누워 나를 바라보고 있었다. 임오년엔 큰 돌을 넣어 어마님의 시신을 대신하더니, 이 번엔 석회 덩어리가 어마님이 되어 관 속에 누워 있었다.

아니야, 아니야! 나는 도리질을 치며 뒤로 물러났다. 누구의 유골인지 알 수 없는 몇 점의 뼈와 석회로 시신을 삼아 안장하여 어마님의 능을 조성한 뒤에도 나는 철석같이 어마님이 살아 계심을 확신했다.

그런데 왜 하필 이 순간에 그 뼈들이 머릿속을 휘젓고 다니는 것일까? 나는 거대하고 검은 그림자 속을 헤집으며 그 뼈들을 떨쳐내기 위해 안간힘을 썼다. 하지만 떨쳐내려 하면 할수록 검은 재와 함께 보자기에 싸인 뼈들이 더욱 선명하게 되살아났다.

검게 탄 뼈들이 하나씩 일어서더니, 어떤 것은 정강이가 되고, 어떤 것은 팔뚝이 되어 사람 형상을 갖추기 시작했다. 그리고 뼈마디에 살이 붙고, 그 살갗 속으로 핏줄이 생기더니, 점차 모습을 갖췄다.

어느덧 어마님이 내 앞에 서 계셨다.

척아! 왜 이렇게 온몸이 뜨거운 거니? 뜨거워 견딜 수가 없구나. 척아, 제발 내 몸에 찬물을 끼얹어다오.

어마님의 몸이 화염에 휩싸였다. 석유 냄새를 짙게 풍기며 검은 연기가 솟구쳤다. 불길은 점점 더 커졌고, 연기도 더욱 짙어졌다. 어느새 불길은 주변으로 옮겨 붙었다. 궁이 흔들리기 시작했다. 금세라도 내려앉을 듯이 심하게 흔들렸다. 나는 그 속에서 어찌할 바를 몰라 우왕좌왕하였다. 나가려 해도 통로를 찾을 수가 없었다. 궁이 무너진다! 누가 나를 구해다오! 아무도 없느냐! 누가 나를 구해다오!

"폐하, 어서 일어나소서! 폐하 일어나소서!"

조 상궁이었다.

"폐하, 어서 이곳을 빠져나가야 하옵니다. 나가소서!"

나는 잠옷 바람으로 조 상궁을 따라나섰다.

"무슨 일인가?"

"궁이 흔들리옵니다. 지진이옵니다. 궁이 무너질 수도 있으니, 시급히 밖으로 나가야 하옵니다."

지진이라니? 나는 꿈인지 생시인지 종잡을 수가 없었다. 어마님은 어디로 가시고, 때 아닌 지진이란 말인가?

"어마님을 구해야 한다. 조 상궁, 어마님은 어찌 되셨는가?"

침전 밖으로 나온 뒤에 내가 그렇게 묻자, 조 상궁은 어리둥절한 얼굴이었다.

"폐하, 무슨 말씀이시온지……."

그때서야 나는 비로소 꿈에서 벗어났다. 여전히 땅이 흔들렸고, 주변은 칠흑 같은 어둠이었다.

"이게 다 무슨 일인가?"

“지진이옵니다. 일본에는 해마다 지진이 일어나서 가옥이 파
손되고, 사람이 죽어나간다 하옵니다.”

조 상궁의 음성이 떨렸다. 공포에 질린 듯했다. 어떤 일에도 쉬
이 겁을 먹지 않는 그녀였다. 하지만 난생처음 대하는 지진 앞에
서 그녀도 사색이 되었다. 나는 몸이 부르르 떨렸다. 궁이 무너져
내렸다면 어찌 됐을까 싶었다. 주변의 상궁들도 말을 잊고 그저
어찌할 바를 모르고 가슴만 쓸어내렸다.

곧 민병석과 곤도 시로스케가 달려왔다.

“전하, 너무 놀라지 마소서. 큰 지진은 아니옵니다.”

곤도가 먼저 안심을 시켰다.

“이 정도 지진에는 궁이 무너지지 않습니다.”

이미 흔들림은 잦아들었다.

“우리 일본국에선 지진은 항상 있는 일이옵니다. 이제 그만 침
전으로 드셔도 될 듯하옵니다.”

하지만 선뜻 발걸음이 떨어지지 않았다.

“몇 시나 되었는가?”

“새벽 다섯 시입니다.”

“잠옷 바람이라 민망하옵니다. 침전으로 드소서.”

“알았네.”

그렇게 침전으로 돌아왔지만, 잠을 청할 수가 없었다. 조 상궁

도 잠이 오지 않는다며 곁에서 떠나지 않았다.

"좀 더 주무시겠습니까?"

"아니다. 그만 일어나야겠다. 오늘은 무슨 일을 해야 하는가?"

"황실 궁가(宮家)를 방문하기로 예정되어 있사옵니다."

아침부터 황실 궁가를 일일이 다녀와야 했다. 모두 아홉 곳이라 했다. 그 궁가들을 하나하나 찾아다니며 돌에 '이척'이라고 새긴 명함을 전달해야 했다.

첫 번째 궁가인 구니 궁을 시작으로 간인 궁, 후시미 궁, 나시모토 궁, 기타시라와 궁, 아사카 궁, 다케다 궁, 히가시구니 궁, 히가시후시미 궁을 차례차례 돌며 석판을 전했다. 내가 궁가를 찾아가서 석판을 이마까지 높이 들고 있으면 그곳 집사나 사무관이 나와 석판을 받아갔다. 처음엔 그것이 무슨 의식인지 알 수 없었으나 순방이 지속되면서 일종의 황실 신래식(新來式)이라는 것을 깨달았다. 말하자면 내가 황실의 일원이 되었음을 그들에게 신고하는 일이었다.

나는 신래식을 오전 내내 하였다. 그리고 오후에 잠시 휴식을 취하고, 저녁에는 황궁 만찬에 참여하였다. 만찬에는 요시히토 부부와 9궁의 궁주 부부들, 그리고 내각의 요인과 원로들이 모두 참석하였다.

나는 요시히토 부부의 맞은편에 앉았고, 내 옆에는 나시모토 궁의 왕비가 윤비를 대신하여 앉았다. 그 주변으로 9궁의 황족들이 모두 앉았고, 요시히토가 잔을 드는 것으로 연회가 시작되었다.

연회가 진행되는 내내 알아들을 수 없는 곡조의 일본 음악이 연주되었고, 연회가 끝난 다음에는 춤과 음악이 곁들어진 무악을 관람했다. 그 무악은 아주 오래전에 조선에서 전해진 것이라고 했지만 내겐 낯설기만 하였다.

무악 관람이 끝난 뒤에는 황실 사람들만 모여서 커피를 마셨다. 그 자리에서 나는 요시히토와 격의 없는 환담을 나눌 수 있었는데, 환담 중에 나는 유길에 관한 말을 하였다.

"한국이 폐하의 땅이 된 지도 칠 년의 세월이 흘렀고, 신이 이렇게 폐하를 알현하여 동경으로 왔으니, 이제 세자를 한국으로 데려가도록 허락해주십시오. 세자가 그동안 많은 공부를 하고 견문을 넓혔으니, 한국으로 돌아가 저와 같이 좁은 식견을 가진 사람에게도 견문을 나눠줄 수 있어야 하지 않겠습니까?"

그 말을 듣고, 요시히토는 선뜻 대답을 하지 못했다.

"그 말씀이 옳긴 한데……"

하지만 나는 내친김에 남은 말을 마저 하였다.

"신의 아비가 연로한데, 세자를 보지 못한 지가 벌써 수년입니다. 비록 학업이 중요하다고는 하나 육친의 정이란 하늘도 갈라놓을 수 없는 것이니, 폐하께서 부디 너그러운 인정으로 세자를 한국으로 돌려보내주시면 그 은혜 죽을 때까지 잊지 않겠습니다.”

“대신들과 상의해보겠소.”

“감사하옵니다.”

말은 그렇게 했지만 요시히토는 당황하는 표정이 역력했다. 나는 이미 그 표정에서 유길을 데리고 갈 수 없으리라고 판단했다.

그때 요시히토도 내게 뜻밖의 제안을 하였다.

“세자도 이제 성가할 때가 되었으니, 우리 황실 여식 중에 한 사람을 선택하여 세자의 짝으로 삼는 것은 어떻겠소?”

유길을 일본 황실녀와 결혼시키고자 함은 곧 한국 황실에 일인의 피를 섞겠다는 뜻이었다. 용납할 수 없는 일이었다. 하지만 저들이 강압하면 막을 방도가 없었다. 마지막 보루는 아바님뿐이었다.

“그 문제는 저 혼자 결정을 내릴 수 없는 일입니다. 돌아가서 신의 아비께 폐하의 뜻을 전하겠습니다.”

하지만 아바님이라고 뾰족한 대응책이 있을까 싶었다. 결국, 우리 황실도 고려 왕실처럼 될 운명인가 싶었다. 아바님은 이런 일을 예측하고 공민왕을 기억하라는 말씀을 내렸는지도 모른다는 생각이 들었다. 고려가 몽고에 복속된 지 100년 만에야 겨우 왕실을 되찾았듯이 우리 황실도 족히 100년은 일본에 머리를 조아리고 살아야 한다고 생각하니 앞이 캄캄하였다. 어쩌면 유길이의 아들은 우리말도 모른 채 살아야 할 것이다. 유길의 손자는 자신이 조선 황실의 핏줄임을 잊을지도 모른다. 유길의 증손자는 공민왕 같은 존재는 아예 생각조차 못할지도 모른다. 아니다, 아니다. 유길을 믿자. 유길은 결코 나에게 한 맹세를 잊지 않을 것이다. 그 맹세를 아들과 손자와 증손자에게 물려줄 것이다. 그래서 반드시 공민왕처럼 우리 황실을 되찾을 것이다. 유길을 믿자, 유길을 믿자.

적

다음 날 나는 유길이 지휘관으로 있는 군부대를 방문하였다. 유길은 황실 근위보병 제2연대 소속이었다. 일본 육군 측에서는 내가 동경에 도착하자, 곧 내게 이 부대를 방문해달라는 요청을 하였고, 나 역시 유길이 군대를 지휘하는 모습을 보고 싶다고 하였다. 비록 일본 군대지만, 군대를 지휘하는 유길에게서 조금이라도 위안을 받고 싶은 마음이었다.

병영을 들어서자, 니타하라 사단장이 나를 안내했다. 유길의 방은 6평 정도의 작은 공간이었다. 바닥에 나무판자가 깔려 있었고, 벽엔 아무 장식도 없었다. 그저 먼지 하나 없을 정도로 깨끗하다는 느낌만 주는 곳이었다.

방 한가운데엔 낡은 둥근탁자가 하나 놓여 있었고, 탁자 옆에 모자걸이가 외롭게 서 있었다. 벽 쪽엔 외발 탁자 하나와 세 발 접이의자가 고작이었고, 탁자 옆에 십여 권의 책을 진열할 정도의 작은 책꽂이가 있었고, 그곳엔 책 몇 권이 가지런히 정돈되어 있었다.

"이 탁자에서 세자는 무엇을 합니까?"

내가 중앙에 있는 둥근 탁자를 쓰다듬으며 묻자, 연대장이란 자가 대답했다.

"전하께서는 그곳에 앉아 주로 식사를 하십니다."

"그렇군. 이 탁자는 세자의 식탁인 셈이군. 그리고 이 외발 탁자는 책상일 터이고, 이 작은 접이의자에 앉아 책을 보겠군."

"그렇습니다. 세자께서는 그곳에 앉아 편지도 쓰고, 일기도 쓰십니다. 세자께서는 왕가의 귀인 같지 않게 아주 검소하고 깔끔하십니다. 훗날 아주 훌륭한 지도력을 발휘하실 것 같습니다."

유길의 방을 둘러보고 난 뒤에 연병장으로 나가서 군인들의 총검술과 교련을 관전했다. 일본군의 총검술은 절도가 있고, 움직임은 일사불란했다. 오랫동안 많은 연습을 한 흔적이 역력했다. 유길은 그 과정에서 소대를 직접 지휘하며 부하들을 호령했다. 유길의 명령에 따라 50명의 소대원들이 두 패로 나뉘어 총검술 대결을 벌였다.

총검술 시합이 끝나자, 유길은 말을 타고 기병부대를 지휘했다. 유길은 제법 능숙한 솜씨로 기병들을 이끌었다. 그 모습을 보고, 니타하라 사단장이 찬사를 늘어놓았다.

"왕세자 저하께서는 무슨 일이든 매우 빠르게 익히고 쉽게 적응하십니다. 기병대를 저 정도로 지휘하려면 대단한 경험이 필요한데, 왕세자께서는 경험도 많지 않으신데, 아주 능수능란하십니다."

"그게 모두 사단장께서 잘 가르쳐주신 덕이지요. 앞으로도 많은 지도바랍니다."

"황송하옵니다, 전하."

니타하라는 자신이 조선과 인연이 많은 사람이라고 했다. 예전에는 경성의 용산에서 사단장으로 근무했다고 했다. 통역을 맡고 있던 곤도 사무관의 고향 선배라고도 했다. 나는 니타하라에게 거듭 왕세자를 잘 돌봐줄 것을 부탁하고 돌아와 연미복으로 갈아입었다.

일황의 비원인 아카사카 별궁에서 각 궁가의 황족들이 주최하는 오찬회가 있었다. 9궁의 황족들이 나를 환영하는 자리였다. 일면식이 있어서인지 황족들이 낯설지 않았다. 오찬회를 주최한 후시미와 마주 앉은 나는 요리히토 친왕 부부와도 반갑게 인사를 나눴고, 히로야스와 구니히코와도 반가운 악수를 했다. 그들은 하나같이 지난 번 나의 신래식을 언급하며 노고를 치하했고, 앞으로 자주 봤으면 좋겠다는 말을 덧붙였다. 그들은 마치 아주 오래전부터 나를 알고 있던 지인이나 되는 것처럼 따뜻하고 친근한 말들을 건넸다. 하지만 이상하게도 나는 그들의 친절함이 싫지 않았다. 어찌 된 영문인지 나는 그들과 너무 친숙한 것처럼 느껴졌다. 그런 나의 태도에 스스로 깜짝깜짝 놀라면서도 나는 그들의 미소 어린 얼굴과 웃음소리가 좋았다.

어쩌면 나는 누군가에 의해 최면에 걸린 것인지도 모른다고 생각했다. 아니면 무엇인가 나를 조종하고 있는지도 몰랐다. 본국에 있는 동안 나는 단 한 번도 그렇게 즐거운 분위기에 젖어본 적이 없었다. 누구와 스스럼없이 손을 잡고 마음껏 웃어본 적도 없었다. 그런데 일본 땅, 그것도 치욕스런 동경 방문의 자리에서 일본 황족들에 둘러싸였는데 오히려 어깨가 가볍고 마음이 편안했다.

나는 그런 내 마음을 도저히 이해할 수 없었다. 더구나 일인들의 말을 제대로 알아듣지도 못한 상황이었다. 그들은 얼굴은 웃으면서 속으로 내게 끊임없이 조소를 쏟아내고 있는지도 모르는데, 나는 그저 어린아이마냥 깔깔거리며 웃었다. 그 웃음소리는 내가 이전에는 한 번도 드러낸 적이 없는 것이었다. 내 속에 그런 웃음이 감춰져 있는지도 알지 못했다.

윤덕영이 그런 내게 다가와 이런 말을 하기도 하였다.

"전하, 소신은 이제까지 전하께서 이토록 즐거워하는 모습을 뵌 적이 없습니다. 참으로 좋아 보이십니다."

민병석은 요리히토 친왕에게 이런 말도 하였다.

"우리 전하께서 이토록 기뻐하실 줄 알았다면, 진작 도쿄 방문을 추진할 걸 그랬습니다."

나도 그들의 말에 맞장구를 쳤다.

"그러게 말이오. 일본 황족들을 만나니 정말 좋습니다."

나는 술도 꽤 마셨다. 심지어 노래까지 흥얼거렸다. 그리고 하세가와 총독에게 이런 말도 하였다.

"총독, 이참에 아예 내가 동경에 눌러앉고, 우리 세자를 본국으로 보내는 것이 어떻겠소?"

하세가와는 어리둥절한 표정으로 아무 말도 하지 못했다. 나는 그의 어깨를 두드리며 웃으면서 소리쳤다.

"하하하, 농이외다, 농. 농 한마디 한 걸 가지고 표정이 그렇게 일그러져야 어디 총독 노릇을 제대로 할 수 있겠소?"

오찬회가 끝날 때까지 나는 알 만한 얼굴들을 두루두루 찾아다니며 평소에 하지 않던 말들을 쏟아냈다. 윤택영이 걱정스런 얼굴로 다가와 무슨 말인가 건넸지만, 나는 알아들을 수 없었다. 오, 장인, 그대가 아니었으면 오늘 같은 즐거운 자리는 평생 가질 수 없었을 것이오. 고마워요, 고마워. 그렇게 내 할 말만 했다.

민병석의 얼굴은 매우 당혹스런 표정이었다. 하세가와는 인상을 잔뜩 쓰고 있었다. 윤덕영은 황족들과 수다를 떨며 이따금 나를 흘겨보았다.

그 뒤론 기억이 나지 않았다. 한순간, 나는 일본 군대를 지휘하고 있는 유길을 바라보고 있었다. 유길은 수만의 군대를 지휘하고 있었다. 말을 탄 채 칼을 높이 치켜들고 진격 명령을 내리고 있었다. 유길의 명령에 따라 수만 명의 병사들이 먼지를 일으키며 달려갔다. 나는 그 먼지 속에서 유길을 불렀다.

유길아, 이건 아니야. 이건 너의 길이 아니야! 돌아와, 돌아와!

하지만 유길은 더욱 세차게 말을 몰았다. 그리고 적군을 향해 돌진하였다. 나는 적진을 바라보았다. 적진은 그저 아득한 바다였다. 바다는 호수처럼 잔잔하고 고요했다. 그리고 바다에서 꽃이 피기 시작했다. 도화였다. 바다는 어느새 도화로 뒤덮였다. 유길은 그 꽃잎을 헤치고 복숭아밭으로 돌진하였다. 수만 명의 부하들이 꽃잎을 밟으며 뒤쫓았다.

나는 소리쳤다.

유길아, 꽃잎을 밟지 마라! 복숭아밭을 침범하지 마라!

그때였다. 떨어진 꽃잎 사이에서 한 사나이가 일어섰다. 유길은 깜짝 놀라 말을 멈췄고, 사나이는 총을 쏘았다. 두 발의 탄환이 유길의 가슴과 복부를 꿰뚫었다. 유길은 말에서 떨어졌다. 떨어지는 유길의 몸을 꽃잎들이 휘감았다. 꽃잎들 사이로 유길의 피가 흘렀다. 그때 다시 사나이가 유길의 머리를 쏘았다.

나는 사나이의 어깨를 낚아챘다. 그러자 주변의 병사들이 사나이의 팔과 다리를 잡았다. 사나이는 소리쳤다.

나는 대한민국 의용군 중장 안중근이다! 나는 오늘 대한민국의 군인으로서 적의 괴수를 죽이러 왔다.

나는 그를 향해 소리쳤다.

유길은 적의 괴수가 아니다. 유길은 적이 아니다. 유길은 대한제국을 부활시킬 미래의 희망이다.

하지만 그는 나를 호통치며 소리쳤다.

이제 나의 적은 이토가 아니다. 이제 적의 괴수는 바로 너, 이척이다.

아니다, 아니다. 나는 너의 적이 아니다. 나는 너의 왕이다. 나는 대한제국의 황제다.

어림없는 소리! 너는 왕을 가장한 일인의 첩자다. 너는 대한황제의 이름을 빌린 적국의 간자다. 너는 내 총탄에 죽어 없어져야 할 적의 괴수다.

그는 병사들의 손을 뿌리치고 내게 총을 겨눴다.

아니다, 나는 너의 적이 아니다. 총을 거둬라! 나는 너의 왕이다. 너는 나의 백성이다. 너의 적은 요시히토다. 요시히토를 죽여라! 이것은 너의 왕이 내리는 명령이다!

그러나 그는 내 말을 듣지 않았다.

간악한 놈! 적에게 나라를 넘기고, 혼을 팔고, 그래서 목숨을 구걸한 놈! 그까짓 목숨이 그토록 아깝더냐? 그 더러운 목숨을 구하기 위해 바다 건너 동경까지 와서 굴욕스럽게 무릎을 꿇고도 부끄러움조차 모르는 놈! 나는 그런 하찮은 자를 왕으로 둔 적이 없다. 너는 너의 목숨을 구하기 위해 적의 괴수에게 충성을 맹세하고, 적의 괴수가 차린 밥상을 즐기고, 적의 노래에 취해 춤을 추고, 적의 군대를 위해 왕세자로 하여금 적군을 지휘하게 했으니, 네놈이 어찌 나의 왕이더냐? 네놈이 어찌 적의 괴수가 아니더냐?

아니다, 아니다! 쏘지 마라, 나는 너의 적이 아니다. 쏘지 마라, 쏘지 마라!

"폐하, 또 가위에 눌렸사옵니까?"

깨어보니, 별궁의 침소였다. 조 상궁이 내가 깨어나는 소리를 들었는지 물그릇을 받쳐 들고 들어와 있었다.

"몇 시나 되었는가?"

“이제 곧 만찬장으로 가야 하옵니다. 세자께서 주최하는 만찬이 있사옵니다.”

“그랬지. 유길이 도리이사카 저택에서 만찬을 베풀기로 했지. 어서 채비하게나.”

술기운이 가시지 않는지 머리가 무거웠다. 아랫배도 팽팽하고, 뒤도 묵직했다. 몸이 축축 늘어지고, 움직일 때마다 진땀이 배어났다.

만찬은 순전히 나를 위한 자리였다. 그래서 빈객이 많지 않았다. 참석한 자들은 대부분 유길의 보좌관들이었고, 궁성에선 궁내대신과 궁내관들만 초청되었다. 덕분에 그다지 격식을 따지지 않아도 되는 자리였다. 낮에 마신 술이 아직 덜 깬 상태였지만, 나는 낮에 마신 술보다 훨씬 많은 양을 마셨다. 하지만 낮처럼 취하지 않았다. 먹으면 먹을수록 자꾸 정신이 명료해지는 느낌이었다. 그리고 취할수록 꿈이 더 명료해졌다. 가물가물했던 꿈속의 장면이 더 선명하게 떠올랐다.

만찬회는 11시가 넘어서야 파했다. 숙소로 돌아오면서 나는 유길에게 이렇게 말해줬다.

“유길아, 너무 애쓰지 마라! 그저 너는 너일 뿐이다. 그러니 너무 애쓰지 마라.”

이튿날인 6월 17일엔 늦잠을 자다 정오 무렵에야 일어났다. 저녁에 데라우치가 주최하는 만찬이 예정된 것 빼고는 일정이 없었다. 그래서 점심 식사 후에 숙소에서 쉬고 있다가 갑자기 생각난 일이 있어 민병석을 불렀다.

"이토 공작의 무덤이 동경에 있다고 하던데, 한번 가보고 싶소."

민병석은 안 될 일이라고 하였다.

"이토 공작이 우리나라에 많은 이익을 준 것은 틀림없으나, 전하께서 직접 가시는 것은 예가 아닙니다. 제가 다녀오겠습니다."

하지만 나는 무덤에 묻힌 이토가 보고 싶었다. 그토록 자신만만했던 이토가 무덤에 묻혀 있는 것을 확인하고 싶었다.

"물론 민 장관의 말이 틀린 것은 아니오. 하지만 난 꼭 이토 공의 무덤에 가보고 싶소."

"전하께서 가시면 수행원이 모두 따라가야 합니다. 그리고 이토 공의 가문에서도 격식을 차려 전하를 맞이해야 할 것입니다. 그리 되면 일이 번거롭게 되고, 황가에까지 소문이 자자해질 것입니다. 제가 다녀오겠습니다."

민병석의 말을 듣고 보니, 옳은 말이었다.

"알았소. 그리 하시오."

"전하, 성묘를 간다면 이토 공작의 미망인에게도 뭔가 성의를
표해야 하지 않겠습니까?"

"뭘 선물하면 좋겠소?"

"본국에서 챙겨온 은제 화병이 있습니다만……."

"그럼 그것으로 성의 표시를 하시오."

"이토 공작에게 성의를 표한다면 당연히 데라우치 총리를 비
롯하여 왕세자의 교육에 도움을 준 인사들에게도 고마움을 표
해야 하지 않겠습니까? 그래서 데라우치 총리에게도 은제 화병
을 선물하고, 육군 대신을 비롯한 다른 인사들에겐 청동제 화병
을 선물할까 합니다만……."

"그리 하도록 하시오. 어차피 그런 용도로 가져온 것이 아니
오."

그렇게 민병석을 보낸 뒤에도 나는 이토의 무덤을 가보지 못
하는 것이 못내 아쉬웠다. 어쨌든 나는 그의 죽음을 확인하고 싶
었지만, 어쩔 수 없는 일이었다.

저녁에 데라우치가 주최하는 만찬회에 참석하기 위해 수상 관
저로 갔다. 조선을 병합시킨 일등공신인 그는 실로 득의양양하였
다. 따지고 보면 나의 방문도 모두 그의 치적이라 할 수 있었다.
그런 생각 때문인지 데라우치는 만찬 내내 나를 위로하는 발언

을 하였다.

"모든 것이 양국의 평화를 위한 일이 아니겠습니까? 전하께서 한발 양보함으로써 동양의 평화가 두 발 빨리 오는 것이고, 전하께서 작은 슬픔을 경험함으로써 동양의 신민들이 큰 기쁨을 얻지 않겠습니까?"

나는 그저 웃음으로 대답을 대신했다.

만찬이 끝난 다음에는 작은 공연이 있었다. 도쿄 신민들이 즐겨보는 일본 전통 인형극이라 했다. 인형극이 진행되는 동안 곤도 사무관이 내 옆에 앉아 내용을 설명하고, 통역을 곁들였다.

곤도의 말에 따르면 일본 인형극의 역사는 이미 1000년 전부터 시작되었다 했다. 일본 인형은 매우 섬세하여 팔과 다리가 움직이는 것은 물론이고, 입술과 눈, 눈썹까지 움직였다. 심지어 귀도 움직이고, 콧구멍도 벌어졌다.

"저 인형들 뒤에 세 사람의 인형사들이 숨어 있습니다. 그 사람들은 각자 맡은 부분이 다른데, 자기 차례가 되면 여러 장치를 움직여 저렇게 섬세한 동작과 표정을 만들 수 있는 것입니다. 세 사람 중에 가장 중요한 역할을 하는 사람은 오른손과 얼굴을 조종하는 자입니다. 그자를 오모즈카이라고 합니다. 주역 인형사라는 뜻입니다. 그리고 왼팔을 조종하는 자를 히다리즈카이라고 하는데 왼쪽 인형사라는 뜻이고, 발을 조종하는 자를 아시즈카이라고 하는데 발 인형사라는 뜻입니다."

　세 명의 인형사 중에서 히다리즈카이와 아시즈카이는 검은 복장을 하고 얼굴을 검은 천으로 가리고 있어 모습을 볼 수 없다고 하였다. 하지만 주역인 오모즈카이는 가끔 얼굴을 드러냈다.

　그날 공연된 인형극의 내용은 두 명의 남편을 섬기는 한 여자의 이야기였다. 그 여자는 표정과 얼굴을 잘 바꿀 수 있어 두 남편에게 각기 다른 모습으로 자신을 보여주며 마치 두 사람인 것처럼 행동했다. 그래서 여자 인형은 남편이 바뀔 때마다 얼굴이 바뀌었는데, 인형사들은 처음엔 그 얼굴이 바뀌는 과정을 매우 천천히 세밀하게 묘사하며 관객의 웃음을 자아냈다. 여자 인형의 얼굴이 바뀔 때는 먼저 왼쪽 눈동자의 색깔과 모양이 바뀌고, 다음엔 오른쪽 눈동자가 바뀌었다. 그리고 이내 양쪽 눈 모양이 바뀌고, 이어서 코 높이가 달라지고, 입술 두께도 달라졌다. 게다가 얼굴의 주름이 변하면서 표정도 달라지고, 심지어 귀의 위치와 모양도 바뀌었다. 또한 머리의 모양도 변하였고, 목의 길이도 달라졌으며, 허리의 굵기와 엉덩이의 크기도 변했다. 그 변신의 과정이 워낙 적나라하고, 그 변할 때의 대사들이 짐짓 사람의 간사스런 내면을 잘 드러낸 덕분에 관객들은 연신 웃음을 멈추지 못했다. 더구나 이야기가 진행되면서 여자 인형의 변모는 더욱 빨라졌다. 그런 가운데 오른쪽은 이쪽 남편을 위한 얼굴을, 왼쪽은 저쪽 남편을 위한 얼굴을 하기도 했고, 심지어 허리와 옷, 다리까지도 모두 반반씩 되는 상황도 연출되었다.

그러다 결국 절정에 이르러서는 두 남편이 자신의 아내가 두 사람의 역할을 하며 살아간다는 것을 알게 된다. 하지만 현명한 남편들은 그 사실을 모른 척하고 그 여자와 여생을 살아가는 것으로 이야기는 끝났다.

곤도는 그런 하찮은 줄거리의 이야기에 왜 도쿄 신민들이 그토록 열광하는지 알 수 없다고 했다. 내용도 천박하고, 지조도 없는 여자 이야기를 담은 인형극을 왜 고귀한 만찬 자리에서 상연했는지 알 수 없다는 말도 했다.

데라우치 역시 곤도처럼 몹시 불만스런 표정이었다. 하지만 데라우치의 부인과 초청된 부인들은 몹시 즐거운 얼굴이었다. 듣기로는 인형극단을 초청한 사람도 데리우치 부인이라고 했다. 그 때문인지 데라우치는 겸연쩍은 표정으로 나에게 다가와 작은 소리로 이렇게 말했다.

"여자들은 왜 저런 천박한 이야기를 좋아하는지 모르겠습니다. 사무라이를 다룬 인형극이었다면 좋았을 텐데 말입니다."

눈물

아무리 눈을 뜨려 해도 눈을 뜰 수가 없었다. 힘을 주면 눈썹만 파르르 떨렸다. 어떻게 된 것일까? 손가락 하나 마음대로 움직일 수가 없었다. 갖은 노력을 다 해봐도 내 육신의 어느 구석도 움직여지지 않았다. 그러나 소리를 들을 수는 있었다. 무슨 소리인지 알아들을 수는 없었지만 주변에 많은 사람이 있는 것만은 분명했다. 간혹 웃음소리 같은 것도 들렸고, 발자국소리 같은 것도 들렸다. 누군가 귀엣말을 속삭이는 것 같기도 했다. 간혹 콧속으로 분 냄새가 흘러들기도 했다. 담배 냄새가 코를 자극했다. 커피 냄새도 맡을 수 있었다. 냄새가 명료해질수록 소리도 분명해졌다. 갑자기 요란한 박수소리가 들려왔다. 동시에 조금씩 눈이 떠지기 시작했다. 내가 그렇게 안간힘을 써도 떨어지지 않던 눈꺼풀이 저절로 움직였다.

눈이 떠지면서 앞이 보였다. 수많은 사람의 얼굴이 눈을 가득 채웠다. 그들은 신기한 듯 나를 바라보고 있었다. 무엇인가 나의 눈동자를 조금씩 움직였다. 그 움직임을 따라 나는 아주 느리고 분명하게 주변을 둘러보았다. 낯익은 얼굴들이었다. 데라우치와 그의 아내가 중앙에 앉아 웃고 있었다. 그 옆으로 앉은 자들도 모두 알 만한 얼굴들이었다. 얼핏 곤도도 보았고, 곤도의 아내도

보았다. 조 상궁과 김 상궁도 앉아 있었다. 그들은 한결같이 웃는 표정이었다.

눈동자가 갑자기 멈췄다. 그리고 이내 내 목이 느리게 돌아갔다. 그때서야 나는 누군가에 의해 내가 조종되고 있다는 것을 깨달았다. 그들은 내 머리와 목, 그리고 눈과 눈동자, 코와 귀, 입과 턱을 마음대로 움직였다. 팔과 다리도 그들이 조종하고 있었다. 나는 그들의 얼굴을 보고 싶었지만, 그들은 모두 검은 보자기를 뒤집어쓰고 있었다.

불현듯 내 앞에 한 남자가 나타났다. 아니 남자 인형이 나타났다. 인형의 얼굴은 어디선가 많이 본 듯했다. 하지만 알 듯 말 듯 하였다. 그도 검은 보자기들에 의해 조종당하고 있었다. 그는 점점 내게 다가왔다. 나를 조종하는 자들은 그가 나의 남편이라고 하였다. 그러면 나는 여자 인형이 된 것인가? 나는 그런 생각을 하다가 남자 인형의 얼굴을 알아보고 깜짝 놀랐다. 놀랍게도 그 자는 요시히토였다.

검은 보자기들은 요시히토 인형을 움직여 내게 뭐라고 소리쳤다. 하지만 나는 그 말이 무슨 뜻인지 알아들을 수 없었다. 이내 나를 움직이는 보자기들이 내 무릎을 꿇게 했다. 그리고 이내 내 목을 숙였고, 요시히토 인형은 내게 다가와 내 어깨를 토닥거렸다. 요시히토 인형은 억지웃음을 지어 보였다.

요시히토 인형이 물러나자, 검은 보자기들은 내 몸을 회전시켜 반대쪽을 바라보게 하였다. 그곳에도 남자 인형 하나가 걸어 나왔다. 검은 보자기들은 내 몸을 날려 남자 인형에게 안기게 하였다. 그리고 나는 울었다. 눈물이 흘렀다. 전혀 슬프지 않았는데, 울어야만 했고, 눈물을 흘려야만 했다. 그리고 남자 인형을 올려다보아야만 했다.

그자는 어디선가 본 얼굴이었다. 그자의 눈에서도 눈물이 흘렀다. 눈물은 그의 콧수염을 거쳐 내 얼굴로 떨어졌다. 그자가 고개를 숙여 나를 바라보았다. 아, 안중근! 그자는 꿈에서 본 안중근이었다. 검은 보자기들은 그자를 내 남편이라고 하였다. 나는 요시히토 인형과 안중근 인형을 모두 남편으로 섬기는 여자 인형이었다.

안중근 인형이 물러나면서 그의 머리 위로 얼굴 하나가 나타났다. 검은 보자기가 얼굴을 드러낸 것이었다. 아니, 저자는! 이토였다. 죽은 이토였다. 나는 놀라서 어쩔 줄을 몰랐지만, 내 얼굴은 웃고 있어야 했다. 안중근 인형의 다리와 팔을 움직이던 자들이 얼굴을 드러냈다. 하지만 그들은 알지 못하는 자들이었다.

요시히토 인형이 다시 나타났다. 그는 달려와 나를 강하게 안았다. 동시에 청중의 박수소리가 들렸다. 요시히토 인형은 한참 동안 나를 안고 있다가 물러나며 손을 흔들었다. 동시에 그를 조종하던 검은 보자기가 얼굴을 드러냈다. 데라우치였다. 아니 하세가와였다. 아니 곤도였다. 그자의 얼굴은 시시각각 변했다.

요시히토 인형이 물러가자, 이번에는 내 얼굴과 오른팔을 조종하던 자가 앞으로 나가 인사를 하였다. 청중은 우레와 같은 박수를 보냈다. 안타깝게도 나는 그자의 뒷모습만 볼 수 있었다. 이어서 내 왼팔을 조종하던 자가 앞으로 나가 인사를 하였다. 뒤이어 내 발을 조종하던 자가 나가서 인사를 하였다. 한결같이 뒷모습만 내게 보였다.

나는 그들의 얼굴이 보고 싶어 조금이라도 움직여보려 했다. 하지만 꼼짝도 할 수 없었다. 나는 너는 누구냐고 소리를 질러보기도 했다. 역시 입술조차 떨어지지 않았다. 그때였다. 내 얼굴과 오른팔을 움직이던 자가 몸을 돌려 내게로 다가왔다. 나는 그자의 얼굴을 보는 순간, 가슴이 멎을 뻔했다. 그자는 내가 너무도 잘 알고 있는 얼굴이었다. 나는 혹 내가 거울을 보고 있는 것은 아닌지 의심했다. 하지만 그자는 내 앞으로 뚜벅뚜벅 걸어와 웃기까지 했다. 그자는 틀림없는 나였다. 나는 손사래를 치며 그는 내가 아니라고 소리치고 싶었지만, 꼼짝도 할 수 없었다.

"폐하, 이제 일어나셔야 하옵니다."

조 상궁의 목소리에 나는 몸을 떨며 잠을 깼다. 이미 열차는 정차한 상태였다.

"또 가위에 눌리셨사옵니까?"

하지만 나는 아무 대답도 하지 못하고 조 상궁을 멍하니 바라보기만 했다. 머릿속이 멍멍하였다. 갑자기 아무 기억도 나지 않았다.

"여기가 어디인가?"

"미시마 역이옵니다."

"미시마?…… 오늘이 며칠인가?"

그 말에 조 상궁은 고개를 갸웃거리며 나를 멀뚱히 쳐다보았다.

"폐하, 무슨 안 좋은 꿈이라도 꾸었사옵니까?"

"아, 아니네. 갑자기 머리가 복잡해져서……."

그때서야 동경역에서 환송을 받던 장면들이 스쳐갔다. 열차가 어느 지역을 지날 때, 곤도 사무관이 창밖을 가리키며 했던 말도 떠올랐다.

"전하, 바로 저 소나무 숲 속에 이토 히로부미 공작께서 아끼시던 청량각이 있습니다."

나는 미시마로 향하는 중이었다. 이미 6월 20일이었다. 끝날 것 같지 않았던 동경에서의 모든 행사를 끝내고 귀국길에 나선 날이었다. 데라우치의 만찬회 다음 날인 18일엔 하루 종일 손님을 치렀다. 오찬회도 열고 만찬회도 열었다. 모든 것이 예정된 수순에 의한 것이었다. 19일엔 다시 요시히토가 주최하는 오찬회에 참석하여 식사를 했다. 그 자리에서 윤택영은 일등 훈장을 받고 욱일대수장을 하사받았다. 나를 수행했던 모든 자들도 요시히토로부터 선물을 받았다. 그렇게 도쿄에서의 행사는 끝났다.

하지만 도쿄를 떠났다고 해서 행사가 모두 끝난 것은 아니었다. 교토에서 마지막 행사가 예정되어 있었다. 무쓰히토의 무덤을 찾아가 무릎을 꿇는 일이었다. 어마님을 불태우고 아바님을 황제의 위에서 끌어내리고, 나를 허수아비로 전락시켜 나라를 앗아간 그에게 충성을 맹세하고 우러러 존경과 감사의 절을 올려야 하는 일이었다.

요시히토에게 무릎을 꿇는 일보다 무쓰히토의 무덤에 절을 올리는 것이 더 치욕스러웠다. 대례복을 갖춰 입고 모모야마 능역을 찾아가는 일조차 생각하기 싫었다. 그 무덤 속에 백골로 누워 내게 절을 강요하는 무쓰히토의 얼굴에 침을 뱉고 싶었다. 괴괴한 어둠에 갇힌 무덤을 파헤치고 백골을 추려내 기름을 뿌리고 불태워 없애버리고 싶었다. 그 타다 남은 백골을 석회로 이어 붙여 다시 파묻고 싶었다. 아니, 그의 백골을 태워 그 재를 후지 산에 흩뿌리고 싶었다. 그래서 아무도 무쓰히토의 흔적을 찾지 못하게 하고 싶었다.

그러나 나는 아무것도 할 수 없는 처지였다. 무쓰히토의 이름 조차 함부로 부를 수 없는 나였다. 그의 무덤에 풀 한 포기조차 마음대로 뽑아버릴 수 없는 현실이었다. 그래서 나는 모모야마 로 가고 싶지 않았다.

그나마 모모야마로 바로 가지 않고 미시마(三島)에서 하루 쉬 는 것이 위안이 되었다.

미시마 역엔 유길이 먼저 도착하여 기다리고 있었다. 우리는 멀리 후지 산을 바라보며 나란히 인력거에 올라 숙소로 향했다. 미시마 역을 출발한 지 얼마 되지 않아 인력거는 논밭 사이로 난 좁은 길을 달렸다. 푸른 논밭을 따라 마을이 늘어서 있었다. 낮 은 농가들이 띄엄띄엄 눈에 들어왔다. 대개 나무로 지은 집들이 었다. 서양식 건물은 찾아볼 수 없는 마을이었다. 그 작은 마을 들을 두어 개 지나자 제법 위용을 갖춘 저택이 하나 나타났다. 고마츠 아키히토 친왕이 살던 곳이라고 했다. 고마츠가 죽은 뒤 에는 별장으로 사용하는 저택이라고 했다.

아키히토 별장 안에는 정원이 제법 정성스럽게 가꿔져 있었 고, 누각도 여러 채 있었다. 별장 주변은 숲으로 뒤덮여 있었으 며, 멀지 않은 곳에 작고 아름다운 폭포와 연못도 있었다.

별장으로 따라온 자들은 대부분 나의 수행원들이었다. 일본인 이라곤 곤도와 고쿠부 등 이왕직에 근무하는 자들 몇 명과 이전에 이왕직 차관으로 있었던 고미야와 무토가 전부였다. 그들도 저녁을 먹은 뒤에는 자신들의 숙소인 근처 여관으로 돌아갔다. 덕분에 나는 아무런 방해도 받지 않고 유길과 단둘이서 정원을 산책하며 이야기를 나눌 수 있었다.

유길은 앞날에 대한 걱정이 많았다. 때때로 자신이 대한제국의 황태자였다는 사실을 잊어버리는 일도 있다고 했다. 어쩌면 이렇게 일본인 흉내나 내다가 자신의 생이 끝나는 것은 아닌지 두렵다는 말도 했다. 정말 자신의 몫이 무엇인지 모르겠다고도 했다. 그러면서 유길은 이런 말도 하였다.

"요즘 자주 우리말을 잊어버립니다. 수개월 동안 우리말을 한 마디도 하지 않고 있다가 갑자기 본국에서 온 사람을 만나면 무슨 말을 해야 할지 도통 기억이 나지 않습니다."

그런 유길에게 나는 그저 마음고생이 심하겠다는 말 정도만 해줬을 뿐 마땅한 대책을 마련해주지 못했다. 그저 대책이라고 마련해준 것이 이런 말이었다.

"우리말을 잊어버리지 않으려면 자주 아바님께 편지를 쓰는 것은 어떻겠니? 내게도 자주 편지를 하는 것도 괜찮겠고, 일기를 쓰는 것도 괜찮겠지. 아니면 본국에서 따라간 보좌관들과 자주 대화를 나누는 것도 하나의 방법이 될 수 있겠구나. 어쨌든 내가 백방으로 노력해서 네가 하루빨리 본국으로 돌아갈 수 있도록 해보마.”

말은 그렇게 했지만, 일본이 결코 유길을 본국으로 보내주지 않으리라는 것을 나는 알고 있었다.

유길은 아바님에 대한 걱정도 많았다.

“아바님께서 건강하셔야 할 터인데, 늘 심사가 편치 않으시니 걱정스럽습니다. 아바님께서도 이제 마음을 편히 가지시고 더 이상 일본과 대립하지 않으셨으면 합니다. 어차피 계란으로 바위 치는 격이 아니겠습니까? 적개심을 드러내기보다는 때를 기다리는 것이 현실적인 대응 아니겠는지요?”

유길도 일본 대신들에게 이런저런 일들에 대해 듣고 있었던 모양이다. 이번에 내가 동경을 방문하는 문제에 대해서도 아바님이 완고하게 반대했다는 것도 알고 있었다.

나는 유길에게 이렇게 말해주었다.

“아바님께서는 계란으로 바위 치는 격이라고 생각지 않으신다. 아바님은 빗물이 바위를 깨뜨리듯 끊임없이 독립을 위해 노력하면 결국 성사될 수 있으리란 믿음을 가지고 계신 거다. 네가 보기엔 일본이 거대한 바위처럼 보이지만 결코 그렇지 않다. 일본이라는 나라는 자세히 들여다보면 모래성이라 할 수 있다.”

“어째서 그렇습니까? 제가 본 일본은 우리나라에 비해 강철처럼 단단하고 바위처럼 무겁습니다.”

“나도 그런 줄 알았다. 하지만 막상 내가 동경에 와서 느낀 것은 다르다. 너는 일본이 왜 끊임없이 대륙으로 진출하려고 하는 줄 아느냐?”

“세력을 넓히려고 그러는 것 아닙니까?”

“나도 그런 줄 알았다. 하지만 그렇지 않다. 일본이 대륙 진출을 꿈꾸는 진짜 이유는 불안 때문이다.”

그 말에 유길은 선뜻 동의할 수 없다는 표정이었다.

“불안이라니요? 어떤 불안을 말씀하시는 것입니까?”

“일본은 섬나라다. 그 때문에 예로부터 늘 중국 대륙의 혜택을 제대로 누리지 못했다. 그런데 이번엔 서양의 문물을 먼저 접한 덕에 역사 이래 처음으로 중국을 능가하는 힘을 갖추게 되었다. 하지만 세월이 지나면 다시 변방으로 전락할 것이다. 일본은 변방으로 전락하기 전에 대륙에 터전을 마련하고 싶은 것이다. 그래서 일본은 마음이 급하다. 어쨌든 빨리 대륙의 땅을 차지하여 변방국의 한계를 극복하고 싶을 것이다. 이것이 일본의 첫 번째 불안이다.

그리고 일본의 국토는 풍요와는 거리가 멀다. 국토의 대부분은 산이고, 평야는 좁아 늘 곡식이 부족하다. 그 때문에 우리 조선으로부터 곡식을 얻어가지 않으면 백성이 굶어야 하는 처지였다. 이것이 일본의 두 번째 불안이다.

일본의 풍토는 매우 열악하다. 얼마 전에 안 사실이지만 일본은 항상 지진에 시달리고, 그로 인해 많은 인명이 해를 입는다. 지진뿐 아니라 해일로 인한 피해도 엄청나다고 들었다. 거기다 아직도 여러 화산이 불타고 있어 언제 폭발할지 알 수 없는 상황이다. 또한 여름마다 감당할 수 없는 태풍이 불어와 사라지는 집채가 부지기수라고 들었다. 이것이 일본의 세 번째 불안이다.

일본은 이 세 가지 불안을 없애기 위해 조선을 침략하였고, 중국 대륙으로 진출한 것이다. 단순히 세력을 넓히고 힘을 과시하기 위한 것이 아니란 뜻이다."

유길은 한층 더 불안한 얼굴로 물었다.

"그렇다면 오히려 일본은 절대로 우리 조선에서 물러나지 않으려 하지 않겠습니까?"

"그렇지. 하지만 일본은 결코 조선을 삼킨 것으로 만족하지 않는다. 중국을 삼키고, 저 남방과 서방까지 세력을 떨치려 할 것이다. 지금 일본은 그런 욕심을 드러내고 있다. 하지만 그 욕심이 결국 일본을 패망의 길로 이끌 것이다. 저 북방의 초원에 살던 몽고가 그랬던 것처럼 일본도 지나친 욕심으로 몰락할 것이다."

"어째서 그렇습니까? 저는 선뜻 이해가 가지 않습니다."

"다른 나라를 침략하여 땅을 얻었다고 해도, 그 땅 백성의 마음까지 얻을 순 없다. 오히려 빼앗긴 나라의 백성은 일본의 적이 되어 싸울 것이다. 그 백성의 수가 많으면 많을수록 일본의 적은 늘어날 것이다. 일본은 지금 계속해서 적들의 숫자를 늘려가고 있다. 그것이 곧 일본을 패망하게 할 것이다. 일본이 세력을 넓히면 넓힐수록 적은 늘어날 것이고, 그 어느 때가 되면 일본은 감당할 수 없을 정도의 저항에 부딪힐 것이다. 그때 일본은 참담한 패배감을 안고 다시 이 열악한 섬나라로 돌아와야 할 것이다. 그때가 정확하게 언제가 될지 모르지만 우리는 그때를 기다리며 앞날을 준비해야 한다. 일본에게 철저히 밟히면서 그들을 배워야 한다. 그리고 그들이 물러나는 그 순간을 놓치지 않고 공격해야 한다. 나는 그런 날이 반드시 올 것이라고 믿는다. 원나라가 망했듯이 일본도 결국 망할 것이다. 이 세상에 남의 땅을 빼앗고, 남의 백성을 지배한 나라치고 망하지 않은 나라는 없었다. 그때는 짧으면 십 년 내에 올 것이고, 길어야 백 년 안에 올 것이다. 너와 내가 해야 할 일은 그때를 기다리며 저들을 안심시켜 황실을 유지하는 것이다. 그러면 반드시 우리 황실이 다시 일어나는 날이 올 것이다."

나의 말에 유길은 힘을 얻은 것 같았다. 하지만 정작 나는 힘이 빠졌다. 사실, 나는 내가 한 말들을 믿지 못했다. 그저 암울할 뿐이었다. 유길에겐 그 암담한 심정을 보이고 싶지 않았다.

산책을 끝내고 돌아오자, 갑자기 번개가 치고 우레가 울더니 비가 내리기 시작했다. 비는 밤새 계속되었고, 나는 창을 열어놓고 밤새 소리 내어 울었다.

5장

독립

눈을 떠보니 촉탁의 이와부치 도모지와 전의 김동석이 보였
다. 얼마나 오랫동안 까무러친 채로 누워 있었는지 알 수 없었다.

"전하, 기운이 돌아오셨습니까?"

김동석이 먼저 다가와 내 얼굴을 살피는 듯한 표정을 지으며
물었다.

"내가 얼마나 이렇게 누워 있었던 것이냐?"

"닷새이옵니다."

내 팔에는 식염수 주삿바늘이 꽂혀 있었다. 닷새 동안 사경을
헤맸다고 했다. 하지만 나는 그저 깊은 잠에서 깨어난 기분이었

다. 숱한 꿈들을 꾸었지만 제대로 기억나는 것은 하나도 없었다.

"전하, 전유라도 드시고 기운을 차리셔야 하옵니다."

도모지가 서툰 우리말로 한 말이었다. 내 몸이 아픈 뒤로 촉탁의가 되어 자주 궁을 들락거린 자였다. 말솜씨가 교묘하고 의술이 믿을 만했다.

내가 깨어났다는 말을 듣고 윤덕영이 들어왔다.

"전하, 천운이옵니다. 하늘이 돌보신 것이옵니다. 이렇게 깨어나시다니, 꿈만 같습니다."

윤덕영이 호들갑을 떨었다. 이완용이 죽었으니, 이제 그의 세상이었다. 이완용은 두 달 전에 죽었다. 이완용이 죽었다는 소식을 듣고 이왕직에서는 제사 비용 1,500원과 관을 제작하는 비용 200원을 내린 바 있었다. 나는 그 1,700원이 너무 아까웠다. 논을 몇 마지기 사고도 남을 돈이건만 그런 쓸모없는 일에 사용되었다는 것이 안타까울 뿐이었다. 그래도 속은 후련하고 가슴이 펑 뚫린 기분이었다. 하지만 아직 승냥이 같은 윤덕영이 이왕직을 손안에 넣고 주무르고 있었다. 그자만 보면 가슴이 턱 막히고 손이 떨렸다. 나는 떨리는 손을 내저으며 윤덕영에게 나가 있으라고 했다.

아바님께서는 윤덕영에 대해 능지처참을 해도 분이 풀리지 않을 자라고 했었다. 8년 전인 무오년(1918년) 말에 유길의 혼례를 달포쯤 앞두고 덕수궁을 찾았을 때, 아바님은 몹시 흥분해 계셨다. 윤덕영이 모략을 꾸미며 유길을 일본 황실의 사위로 만들고자 한다며 분을 참지 못하셨다.

그해 봄에 이완용이 나시모토 궁의 왕녀와 왕세자를 결혼시키는 것이 어떻겠느냐고 운을 뗐을 때, 아바님은 절대 안 된다며 이미 당신은 민씨 가문에서 며느리를 골라두었다고 하셨다. 그때문에 이완용은 더 이상 나시모토 궁과의 혼담을 입에 올리지 못했는데, 윤덕영이 자기 마음대로 일본 황실과 의논하여 혼담을 진행시키고 있었다. 뒤늦게 그 사실을 아신 아바님께서 윤덕영을 불러 노기를 드러내며 즉시 혼담을 중지하라고 호통을 치셨다 한다. 하지만 윤덕영은 느물거리는 웃음을 물고 이제 물릴 수도 없으니, 그런 말씀은 마시라며 아바님께 훈계조의 말들을 내뱉고 갔다 했다. 윤덕영은 이미 망해버린 왕조의 후예가 일본 황가의 여자를 맞아들여 황가의 사위가 된다면 왕실을 위해서나 신민들을 위해서나 경사스런 일인데, 태왕 전하는 현실을 몰라도 너무 모른다고 충고했다는 것이다.

그 뒤로 윤덕영은 유길의 혼사 문제를 일사천리로 진행시켰다. 유길의 배우자는 나시모토 궁의 마사코였다. 유길과 마사코는 무오년 가을에 혼약을 하였고, 기미년(1919년) 1월 28일에 도쿄에서 혼례식이 예정되어 있었다. 모든 것이 윤덕영이 주도한 일이었다.

하지만 아바님은 절대로 용인할 수 없다며 받아들이지 않으셨다.

그럼에도 아바님은 유길과 마사코의 혼사는 막지 못하셨다. 기미년 1월 20일에 윤덕영은 직접 왕실의 사자가 되어 도쿄로 갔다. 윤택영과 민병석, 이완용, 송병준 등이 함께 떠났다. 그들이 도쿄로 떠났다는 소식을 듣고도 아바님은 여전히 완고하셨다. 비록 일본에서 유길과 마사코가 가례를 올린다고 하더라도 인정할 수 없다는 입장이셨다. 이 일로 인해 하세가와 총독은 몹시 난처했던 모양이다. 그는 나를 찾아와 이렇게 말했다.

"이왕가와 황실의 혼례를 축복하지 않는 사람이 없는데, 왜 덕수궁만 저토록 반대하는지 모르겠습니다. 전하께서 덕수궁을 찾아 직접 설득이라도 해주셔야 하지 않겠습니까?"

하지만 나는 그저 그를 바라보기만 했을 뿐 아무런 대답도 하지 않았다. 그러자 하세가와는 나를 협박이라도 할 듯한 기세로 말을 이었다.

"저러다 황실의 미움을 사면 덕수궁의 안위도 장담하지 못합니다."

그래도 나는 아무 말도 하지 않았다.

"전하께서 이 하세가와의 인내심을 시험하시는 모양인데, 저는 인내심이 없는 사람입니다."

하세가와는 그 말을 내뱉고는 씩씩거리며 돌아갔다.

그리고 다음 날 아침에 급보가 날아들었다. 아바님이 돌아가셨다는 전언이었다. 급히 차를 타고 덕수궁으로 달려갔을 땐, 이미 돌아가신 뒤였다. 덕수궁 침전에 들어섰을 때, 아바님은 하얀 포목을 쓰고 싸늘한 시신으로 누워 계셨다.

경위를 들어보니, 그날 밤 즐기시던 식혜를 드시고 잠자리에 드셨는데, 곧 갈증이 나신다며 차를 대령하라 하여 마시고 주무셨다고 했다. 그리고 침실에 드신 뒤, 새벽녘에 복통을 호소하시더니 숨을 거두셨다는 것이다.

나는 가슴이 떨리고, 다리가 후들거려 서 있을 수가 없었다. 그토록 강녕하시던 분이 겨우 복통으로, 그것도 순식간에 돌아가셨다는 것이 도저히 믿기지 않았다.

아우 평길(平吉, 의친왕 이강)은 은밀히 아바님이 사용하신 찻잔을 찾아보았다고 했다. 하지만 아무도 찻잔이 어디 있는지 알지 못했다 했다. 상궁들을 추궁해도 아는 이가 없다 했다. 모두 너무 놀란 나머지 찻잔 따위는 신경 쓰지 못했다고 했다.

아우는 또 식혜 그릇을 찾아보았다 했다. 하지만 식혜 그릇은 이미 깨끗하게 씻긴 지 오래였다.

그 뒤로 세간에는 아바님께서 독살 당하셨다는 소문이 파다하게 퍼졌다. 범인으로는 윤덕영, 이완용 등과 어의 안상호의 이름이 거론되기도 했다. 하지만 상주인 나조차도 그 진실을 파헤

칠 방도가 없었다. 평길이 은밀히 사람을 보내 아바님을 모시던 상궁 둘을 조사하려 했지만, 상궁들의 행방이 묘연하여 찾을 길이 없었다.

신민들의 분위기는 자못 격앙되어 있었다. 이미 백성들은 아바님이 독살되셨다고 믿고 있었다. 곳곳에서 더 이상 일본을 믿을 수 없다며 독립을 거론하는 말들이 오갔다.

그런 와중에 나는 아바님의 국장 문제로 총독부와 대립하고 있었다. 하세가와는 이미 태왕이 천황의 신하가 되었으므로 당연히 일본식으로 장례를 치러야 한다고 했다. 하지만 나는 결코 동의할 수 없었다. 그래서 의식이 있을 때마다 몸이 아프다는 핑계로 참여하지 않았다. 그런 저항이 통했는지 인산날엔 나와 세자, 그리고 평길 그렇게 세 사람은 삼베옷을 입을 수 있었다. 하지만 신하들은 하나같이 왜색 상복이었다. 거기다 일왕이 내렸다는 신성한 나무까지 들고 가야 했다. 백성들은 도대체 그 나무와 복장이 뭐냐며 험악한 말들을 쏟아냈다고 했다.

내가 국장 문제로 총독부와 신경전을 벌이고 있는 사이, 민심은 한층 분노로 들끓었다. 급기야 아바님의 인산날을 전후하여 전국에서 만세 운동이 일어나고, 삼천리 산하가 독립의 열기에 휩싸였다.

그 소식을 듣고 나는 가슴이 벅차올라 마음을 가눌 수가 없었다. 이완용과 윤덕영은 불안한 기색이 역력했고, 상궁들의 입에서도 독립이라는 말이 거침없이 흘러나왔다. 거기다 전 학부대신 김윤식이 유림과 손을 잡고 일본 총리와 하세가와 총독에게 조선 독립 의견서를 보내고, 공식적으로 조선 독립을 선포하는 행사를 가졌다는 말도 들려왔다.

조 상궁의 말에 따르면 대한문 앞에는 백성이 밀물처럼 밀려들어 백색 해일을 이루고, 대한독립을 외치는 함성이 지축을 흔들고 있다고 했다.

조 상궁은 내게 이런 말까지 했다.

"이제 조선은 독립되었습니다. 경하드리옵니다."

그 말을 듣고 나는 정말 꿈인지 생시인지 구분이 되지 않았다. 이 모든 것이 아바님의 선물이라는 생각에 눈물까지 흘렸다. 그토록 일본을 찬양해대던 이완용조차 더 이상 조선의 독립에 대해 반대 의사를 피력하지 못했다. 이완용은 제법 용기랍시고 신민들 앞에 서서 소요를 일으키지 마라고 훈계를 했다고 하는데, 그 일이 오히려 신민들을 격앙시킨 원인이 되었고, 이후로 입을 다물었던 것이다.

일본 황실에서 벼슬을 받은 모든 자들이 어두운 얼굴로 침묵만을 지켰다. 곤도나 고쿠부의 얼굴에서도 조선의 독립은 현실로 굳어가고 있음을 읽을 수 있었다. 하세가와 총독 역시 불안한 눈빛으로 어찌할 바를 모르고 있었다.

이제 나는 무엇을 할까? 저 백성들 앞으로 나아가서 대한 독립을 기정사실로 공포하고 황제의 자리를 되찾아 오면 되는 것일까?

나는 침묵으로 일관하면서도 내심 그런 생각에 머리가 복잡했다. 정말 백성의 힘으로 독립이 이뤄질 수 있을까? 총도 칼도 포도 없이 오직 맨손으로 독립 만세를 외쳐 독립을 얻을 수 있을까? 왜인들은 이 광경을 지켜보기만 할 것인가?

며칠을 그런 생각으로 보내고 있을 때, 조 상궁이 어두운 얼굴로 달려와서는 가슴이 내려앉는 말들을 쏟아놓았다.

"폐하, 일본 헌병이 조선 백성을 향해 마구잡이로 총질을 해 대고 있다 합니다. 벌써 죽은 사람이 헤아릴 수도 없이 많다 합니다. 감옥이 넘쳐서 들어갈 곳이 없고, 집집마다 초상 치르는 소리에 마을이 온통 울음바다라고 합니다. 독립이 올 것 같더니, 이제 저 멀리 달아나고 말았습니다. 밀물처럼 한 번에 쓸려가고 말았습니다. 이 늙은 것이 괜히 흥분하여 폐하의 심사만 혼란스럽게 한 게 아닌가 싶습니다."

짐작하지 못한 바는 아니었지만, 조 상궁의 전언에 아무 생각도 할 수 없었다. 그래도 독립에 대한 일말의 희망을 간직하고 있었건만, 아 총칼의 힘이 아니고서는 정말 독립은 올 수 없는 것인가.

평길

　결국 독립은 허망한 꿈이 되고 말았다. 왜경의 총칼 앞에 독립의 염원은 무참히 찢겨 물에 젖은 한지처럼 형체를 잃고 말았다. 만세의 함성만으로 독립을 이룰 수 있으리라고 생각했던 것이 순진하기 짝이 없는 일이었음을 깨닫게 해준 게 전부였다. 그나마 소득이라면 우리 신민들의 가슴속에 하나같이 독립의 염원이 불길이 되어 타오르고 있음을 확인한 일이었다. 그 가슴속 불길은 쉬이 꺼지지 않았다. 전국 곳곳에서 그 불길을 세상으로 끄집어내어 모닥불을 피우고, 장작불로 키우고, 화산으로 폭발시킬 수 있다는 기대감을 저버리지 않은 자들이 나타났다. 전국에서 십여 개의 임시정부가 생겨났고, 해외에서도 임시정부가 생겨났다. 그들은 모두 독립을 외치며 대한민국이라는 현판을 내걸었다. 이제 대한제국은 사라지고 없었다. 그들도 이제는 죽어버린 황제에게 더 이상 마음을 주지 않았다. 나 같은 폐주에게 더 이상 아무런 기대도 하지 않았다. 그들은 이제 스스로 주인이 되어 새로운 나라를 열어야 한다고 역설했다.

　내게 그런 현실을 깨우쳐준 인물이 아우 평길이었다. 형님, 이제 그 빛 좋은 개살구 같은 왕좌는 그만 버리세요. 이제 이 나라 백성 그 누구도 왕을 섬기지 않습니다. 여염집의 황구조차도 왕

앞에서 꼬리를 내리지 않습니다. 이제 신민(臣民)은 사라지고 국민(國民)만이 남았습니다. 형님의 신하는 이 세상에 단 한 명도 남아 있지 않습니다. 국민이 바라는 것은 이제 황제의 나라 제국(帝國)이 아닙니다. 국민이 바라는 것은 바로 자신들의 나라 민국(民國)입니다. 대한제국은 아바님의 죽음과 함께 사라졌으며, 이제 이 나라 백성이 세워야 할 나라는 대한민국입니다.

아바님 장례식 중에 평길이 내게 한 말이었다. 그는 이제 왕실 같은 것은 없다고 하였다. 왕실을 포기하고 나도 자기도 모두 평민이 되어 대한민국의 건설에 동참해야 한다고 했다.

어쩌면 평길은 이미 오래전부터 그런 마음을 품고 있었는지도 몰랐다. 그는 일본과 구라파를 두루 돌며 서구를 배웠고, 민국의 고장 미국에 6년을 머물며 로어노크 대학에서 학문을 익혔다. 그는 이미 세상을 꿰뚫어 보고 미래를 예측하는 힘을 지니고 있었다. 거기다 늘 꼬리표처럼 그의 인생을 가로막는 서출의 굴레도 그에게 제국이 아닌 민국을 염원하게 한 원인이 됐을 것이다. 어차피 그는 황제가 될 수 없었고, 제국이 존재하는 한 늘 서자라는 꼬리표에서 헤어날 수 없었다. 또한 세상의 도도한 흐름을 배웠고, 닥쳐올 미래를 미리 본 그였다. 그가 민국을 염원하는 것은 당연한 수순일 수 있다고 생각되었다.

나는 그의 말을 묵묵히 듣기만 했다. 토씨 하나 틀린 말이 없었다. 하지만 그가 망각한 것이 있었다. 내가 평민이 되길 원한다고 평민이 될 수 없다는 사실을 그는 몰랐다.

"자네 말이 모두 옳네."

그의 열변이 끝났을 때, 내가 한 말이었다.

"그리고 자네가 부럽네."

그러자 평길은 말문을 닫았다. 그도 내 말뜻을 알고 있었다. 자기 내면에 불타오르는 열기를 이기지 못해 쏟아내긴 했지만, 왕이 평민으로 돌아가는 길이 그리 쉬운 일이 아님을 그도 알고 있었던 것이다. 기실, 평길 스스로도 평민이 되지 못한 게 현실이었다. 평길은 왕자라는 굴레를 하시라도 빨리 벗어던지고 싶다고 했다.

"자네 심정을 모르는 바 아니네. 나도 같은 생각이니까. 그러나 누구에게나 자기 몫이 있기 마련이네. 나는 지금 내 몫을 다 하고 있는 중이네. 나라와 백성을 빼앗긴 폐왕으로서 그 죗값을 치르기 위해 이렇게 갇혀서 사는 것이네. 이제 왕좌는 그저 감옥일 뿐이네. 창덕궁도 감옥일 뿐이네. 내가 입은 이 화려한 옷들이 모두 죄수복이네. 아니 나의 모든 살갗이 죄다 죄수복이네. 나는 지금 감옥살이를 하는 것이네. 죄인이니까, 이렇게라도 살아서 죗값을 치르는 것이네. 하지만 자네는 다르네. 자네는 평민이 될 수 있을 걸세. 자네는 민국을 세우는 주춧돌이 될 수 있을

걸세. 왕자의 옷을 벗고 자유의 몸이 되게. 그렇게 훨훨 날아가
게. 되도록 멀리 날아가서 다시는 이 궁으로 돌아오지 말게."

평길은 정말 나의 당부처럼 멀리 훨훨 날아가려 했다. 그는 상
해로 가서 임시정부에 참여하려 했던 모양이다. 그는 상복을 입
고 만주로 탈출하였고, 다시 그곳에서 상해로 향하다가 그만 왜
경에게 붙잡혀 강제로 송환되었다.

평길이 붙잡혀 왔다는 소리를 듣고 나는 안타까움을 금할 수
가 없었다. 그가 그토록 소원하던 일을 실패하였으니, 그의 절망
감은 짐작하고도 남는 일이었다.

평길이 재판에 회부되었을 때, 사이토가 나를 찾아왔다.

"이강은 어리석은 짓을 저질렀어요. 우리 일본이 그간 이왕가
에 보여준 성의와 노력을 한순간에 무너뜨려버렸습니다. 이제 총
독부로서도 더 이상 이왕가를 보호해줄 수만은 없게 되었어요.
이강은 공작의 작위를 박탈당할 것입니다. 그간 누리던 모든 지
위와 권한도 다 몰수될 것입니다."

나는 사이토에게 아무 말도 하지 않았다. 어떠한 부탁도 간청
도 하고 싶지 않았다. 평길이 원하지 않을 것이란 사실을 알았기
때문이다.

"이강은 일본으로 가야 할 것입니다. 일본에서 정신을 개조하
여 새로운 삶을 살아야 할 것입니다."

하지만 나는 사이토의 말을 용납할 수 없었다.

"그건 안 되오. 이강을 일본으로 보낼 순 없소. 그것은 유배나 진배없는 일이며, 우리 왕실에 대한 강압이자, 모독이오. 나는 이강을 일본으로 보낼 수 없소. 만약 내 반대에도 이강을 일본으로 보낸다면 가만히 있지만은 않을 것이오."

하지만 총독부는 이런저런 회유와 협박으로 평길을 일본으로 끌고 가려 했다. 평길은 완강하게 거부했다. 나도 절대 안 된다고 버텼다. 평길은 결사적이었다. 일본에 갈 바에야 죽겠다고 선언했다. 나 역시 그를 일본으로 보내면 극단적인 행동을 할 것이라고 총독부를 압박했다. 덕분에 평길은 일본으로 끌려가진 않았다. 하지만 공작의 작위는 박탈당했다. 또한 왕실 사람은 국내 여행을 마음대로 할 수 없다는 금족령까지 떨어졌다.

총독부는 평길의 집을 철저히 감시했다. 평길의 일거수일투족이 모두 보고되었다. 가끔 그 보고들이 내 귀에 들어오기도 했다.

평길은 매일같이 술을 먹는다 했다. 기생집을 제집 드나들듯 한다고 했다. 여자들의 치마폭에 싸여 지내는 것이 그의 일상이라고도 했다.

그런 나날이 계속되자, 총독부의 감시도 소홀한 듯했다. 나는 단번에 평길이 대원이 할아바님의 수법을 본받고 있다는 것을 눈치챘다. 적의 감시를 피하기 위해 스스로 광인으로 가장하고 술과 여자에 파묻혀 사는 것으로 위장하고 있음을 알았다. 평길은 일인들의 허를 찌르기 위해 부단히 애를 쓰고 있음이 분명했다.

그러나 총독부 또한 평길의 전술을 알고 있는 눈치였다. 사이토는 노련하고 치밀한 자였다. 절대 두 번 당하지 않는 자였다. 그 때문에 평길의 전술은 먹히지 않았다.

나는 평길이 정말 폐인이 될까 몹시 염려스러웠다. 하루는 평길을 불러 나의 염려를 전했더니, 평길은 그저 키득거리며 웃을 뿐 별다른 대답을 하지 않았다. 평길은 그때도 술 냄새를 풍기고 있었다.

"건강을 잃으면 아무것도 되지 않는 것이라네."

나는 재차 건강을 강조했다. 그러자 평길은 이런 말을 하였다.

"세상에 술과 여자보다 확실히 건강을 지켜주는 것이 어디 있겠습니까?"

비록 몸을 비틀거리면서 한 말이었지만, 평길은 자신이 건재함을 내게 넌지시 알린 것이었다. 그는 나의 짐작처럼 술과 여자의 숲 속으로 잠시 몸을 숨기고 있을 따름이었다.

"제가 그래도 형님보다는 오래 살 것 같습니다."

혀 꼬부라진 말로 평길은 그런 말도 덧붙였다. 그때 나는 평길의 살아 있는 눈빛을 보았다. 눈부실 만큼 반짝거리는 그의 검고 깊은 눈동자를 보았다. 나와 눈이 마주쳤을 때, 그의 입가에 잠간 웃음이 감돌았다.

"그래, 제발 오래 살게나."

나는 평길이 부러웠다.

고영근

만세 운동 이후의 절망감을 달래기 위해 나는 능행을 떠났다. 아바님과 어마님의 무덤 앞에서 한바탕 눈물이라도 쏟으며 응석이라고 부리고 싶은 심정이었다.

홍릉은 고영근이 지키고 있었다. 고영근은 한때 종2품 경상좌도병마절도사를 지낸 무인이었다. 만일 모든 신하가 고영근만 같았더라면 결코 대한 황실은 무너지지 않았을 것이다.

을미년의 사변 때 일본 병력을 이끌고 건청궁을 난입했던 우범선이란 자가 있었다. 그자는 조선 훈련대 제2대대장이었는데, 일인들과 손을 잡고 어마님을 살해하는 일에 가담하였다. 그리고 사변 이후에 일본으로 달아났는데, 고영근이 일본까지 따라가서 우범선을 척결하였다. 그 일로 고영근은 히로시마 감옥에서 5년을 보내고 돌아왔고, 아바님이 돌아가신 후엔 스스로 능참봉을 자처하여 홍릉을 지키고 있었다.

"신 고영근 황제 폐하를 알현하나이다."

고영근은 일인들의 눈을 두려워하지 않았다. 그는 일인 관료들이 둘러싼 곳에서 엎드려 내게 황제 폐하라 하였다. 그에게는 오직 황제는 나 하나뿐이라 하였다. 그에게 일본 천황은 적국의 수괴일 따름이었다.

"신이 기미년 이래로 벌써 3년째 능을 지키고 있사온데, 원통하옵게도 여전히 고종 대황제의 능비가 돗자리에 싸인 채 땅바닥에 뒹굴고 있습니다. 이로 인해 신은 죽지도 못하고 있습니다."

나는 아바님 능비의 비문에 '대한고종대황제 홍릉'이라는 문구를 새기도록 하였다. 이 때문에 총독부와 누차에 걸쳐 부딪쳤고, 이를 빌미로 총독부는 아바님의 능비를 세우지 못하도록 하였다. 이 일로 이왕직은 총독부와 여러 차례 절충을 시도하였고, 결국 일본 궁내성에서 '대한고종대황제' 앞에다 '전(前)'이라는 글자를 넣도록 하라고 하였다. 하지만 나는 그것을 받아들일 수 없었다. 평길도 절대로 받아들일 수 없다 하였고, 결국 이왕직에서도 받아들일 수 없다고 하였다. 그 때문에 아바님의 능 비석은 비각에 눕혀진 채 있어야만 했고, 비문은 돗자리로 가려놓고 있었다.

"폐하, 신 고영근은 이제 목숨을 걸고 고종 황제 폐하의 비석을 세우고자 하옵니다. 허락하여 주옵소서."

고영근의 눈에 핏발이 섰다. 나는 아무 말도 하지 않고 그저 고영근의 핏발 선 눈을 응시했다. 아무도 그를 말릴 수 없다는 것을 나는 알았다. 고영근의 말을 듣고 주변의 이왕직 관료들과 일인들이 당황하는 기색을 역력히 드러냈다. 고영근은 그들을 핏발 선 눈으로 둘러보며 소리쳤다.

"이 버러지 같은 매국노들! 너희가 정녕 대한제국의 신하라 할 수 있는가? 황제 폐하의 비석 하나 세우지 못하는 너희 같은 자들이 무슨 면목으로 이 자리에 서 있는가? 칼을 물고 자결하지는 못할지라도 뻔뻔하고 더러운 낯짝으로 감히 어떻게 이 홍릉을 배알하러 왔는가?"

고영근의 결기 어린 말에 윤덕영조차 할 말을 잃고 눈을 피했다.

"그대의 원통한 심정은 모르는 바 아니나, 모든 것이 감정만으로 되지는 않으니, 의기를 누그러뜨리고 냉정을 되찾으시오."

나는 그런 말로 분위기를 수습하였다. 그리고 홍릉에 엎드려 큰 소리로 울었다. 눈물도 펑펑 쏟았다. 그리고 나니, 한결 마음이 개운하였다.

능행에서 돌아온 며칠 뒤에 고영근이 돈화문 앞에 무릎을 꿇고 앉아 죄를 청한다는 소리가 들려왔다. 그리고 그의 상소문이 올라왔다.

페하, 신 고영근 죄를 청하옵니다. 신은 페하의 허락을 받지 않고 홍릉 페하의 비석을 세웠습니다. 신이 늙어 죽을 날이 머지않음을 알고, 죽기 전에 불충을 해결하기 위해 스스로 결정하여 이런 일을 저질렀나이다. 지난번 페하께서 능행을 마치고 돌아가신 다음에 신은 고민에 고민을 거듭하여 비밀리에 사람을 모아 그들을 독려하고 부추기고 이끌어 고종 대황제의 능비를 세우기에 이르렀나이다. 이를 위해 신은 동짓달 차가운 여울에 들어가 목욕재계하였으며, 추호라도 고종 대황제 페하께 누가 되지 않도록 삼가 몸가짐을 단정히 하였나이다. 또한 능비를 세움에 있어 정갈한 음식과 술로 재를 올렸으며, 참여한 인부와 가솔들에게도 삼가 몸가짐을 깨끗이 하도록 하였습니다. 이에 어떠한 잡귀나 불순한 자들의 기운이 근접하지 못하도록 하였으니, 기어코 대사를 원만히 수행하였습니다. 이제 신은 죽어도 여한이 없사옵고, 이 일로 멸문을 당하여도 아무도 원망하지 않을 것이며, 모든 가족이 목숨을 잃는다 하더라도 모두 감수하겠습니다. 신은 다만 고종 황제와 명성황후 페하의 하해 같은 은혜와 베푸심에 백분지일이라도 갚음을 하고자 할 뿐입니다. 다만 대사를 진행함에 있어 황제 페하의 허락을 구하지 않은 점은 죄를 받아 마땅하오니, 부디 신을 벌주소서.

나는 고영근의 상소를 읽으면서 벅찬 가슴을 주체할 수 없었다. 아, 아직까지도 고영근과 같은 충복이 있다니. 내 그를 한갓 능참봉으로 대우했을 뿐이거늘, 그는 나를 하늘처럼 떠받들고,

우리 이씨 왕조를 충성과 의리로 섬기고 있으니, 이 얼마나 과분한 영광인가.

하지만 나는 그런 내면을 누구에게도 보일 수 없었다. 당장 총독부에서 이 문제를 묵과할 수 없다는 말을 전해왔고, 이왕직의 분위기도 냉랭하였다. 그래서 나는 사이토 총독을 불러오라 하였다.

사이토 마코토 총독은 하세가와의 후임으로 온 자였다. 하세가와는 기미년 만세 사건의 책임을 지고 본국으로 소환됐고, 사이토가 총독으로 부임했다.

사이토가 취임을 위해 남대문역에 도착했을 때, 선비 강우규가 환갑을 넘긴 백발의 몸으로 폭탄을 투척한 사건이 벌어졌다. 사이토는 목숨을 잃지 않았으나 그를 에워쌌던 경찰 37명이 죽거나 다쳤고, 강우규는 용케 현장을 빠져나갔다. 하지만 강우규는 오래지 않아 붙잡혀 서대문 형무소에 수감되었다가 교수형에 처해졌다.

사이토는 하세가와에 비해 음흉하고 말재주가 매우 뛰어난 자였다. 강우규 사건만 하더라도 그렇다. 하세가와 같으면 길길이 날뛰며 전국에 헌병을 풀어 이 잡듯 뒤지며 분풀이를 해댔을 것이지만 사이토는 흥분한 기색조차 없었다. 오히려 그는 헌병들을 경찰로 대치하고, 문화정치를 표방하며 민심을 다독거리는 유화

정책을 썼다. 거기다 많은 조선인을 경찰로 채용하고 그들 조선인 경찰로 하여금 은밀히 강우규를 잡아들이도록 하여 교수형에 처했다.

사이토는 화를 내는 일도 거의 없다 했다. 물론 큰 소리로 웃는 일도 없다 했다. 그는 모든 일을 사무적으로 처리하고, 처리가 끝난 뒤에는 어떠한 개인 의견도 드러내지 않는다고 했다. 하지만 그런 사이토도 이번 일엔 제법 당황하는 모습을 보였다. 내게 전화를 직접 걸어 절대 묵과할 수 없다는 표현을 하였다. 하지만 천하의 사이토라 하더라도 고영근의 결사적인 행동 앞에서는 마땅한 방책이 없을 듯하였다.

나같이 세상 물정 모르는 허수아비 왕도 무덤을 조성하는 것보다 무덤을 이장하거나 파헤치는 일이 더욱 어려운 일이라는 정도는 알고 있었다. 그러니 사이토같이 음흉하고 치밀한 자가 능비를 세우는 것보다 다시 넘어뜨리는 일이 더욱 힘들고 어려운 일이라는 것을 모를 리 없었다. 어쩌면 고영근은 그런 현실을 정확하게 꿰뚫고 이번 일을 벌였는지 모른다. 막상 비석을 세워놓으면 너희가 어쩔 것이냐, 한번 다시 넘어뜨려 볼 테면 봐라. 2천만 백성이 과연 그냥 구경만 하고 있을 것 같으냐. 고영근은 그런 뱃심으로 이번 일을 감행한 것이 분명했다. 아무리 꾀가 많은 자도 목숨 걸고 덤비는 자 앞에서는 꼬리를 내린다고 했던가. 고영근의 죽기 아니면 까무러치기 전술이 주효한 게 틀림없었다.

사이토는 내게 절대 묵과할 수 없는 일이라고 표현했지만, 막상 고영근을 처벌하는 일에 있어서는 강력한 태도를 보이지 못했다. 오히려 그답지 않게 내게 하소연을 하였다.

"이번 일은 총독부 차원에서 해결할 수 없는 일입니다. 궁내성의 지휘를 받고, 천황 폐하의 칙령을 얻어야만 결론이 나는 문제입니다."

틀린 말이 아니었다. 아바님의 능비에 황제란 표현이 들어가는 것은 일본 황실로선 용납하기 힘든 문제였다. 일본 황실로서는 이미 대한 황실은 사라진 것이고, 그러므로 아바님에 대한 황제의 칭호를 인정하면 그것은 훗날 내 묘비에도 황제 칭호를 쓸 수밖에 없는 상황이 될 것이고, 결국엔 대한 황실을 현실적으로 인정하는 꼴이 되기 때문이다. 하지만 이미 기미년에 만세 사건으로 큰 홍역을 치른 일본이었다. 만약 이번에 아바님의 능비를 쓰러뜨리다가 기미년보다 더 큰 저항에 부딪히지 말라는 법이 없었다. 나는 은근히 그런 현실을 들먹여 이번 일을 무마하려 하였다.

"우리나라 사람들이 무덤에 대한 남다른 애착이 있다는 것을 총독도 잘 알 것입니다. 그런 점을 염두에 두지 않고 함부로 능비를 다루면 그 후에 닥칠 일은 가늠하기 힘들 것 같소. 기미년 만세 사건도 모두 아바님의 장례와 관련된 것인데, 이번 일을 가볍게 여기면 혹 불길에 기름을 붓는 격이 될까 염려스런 바요. 또 고영근의 일도 그렇소. 우리 백성들의 생각으론 고영근이 신하로서 당연한 일을 한 것으로 여겨지기 십상인데, 혹여 이를 지나치게 다루면 뒷감당이 만만치 않을 겁니다.”

사이토는 한참 동안 말을 않고 있더니, 짧게 한숨을 쏟아내며 말문을 열었다.

“저도 그 점을 염려하고 있습니다. 그래서 궁내성에다 모쪼록 세심하고 현실적인 결정을 내려달라고 하였습니다.”

사이토는 그 말만 남기고 돌아갔다. 그리고 며칠 뒤에 모든 처리를 이왕직에 맡기겠다는 말을 전해왔다. 이왕직 관리들도 난감하긴 매한가지였다. 이미 세워진 비석을 넘어뜨렸다간 어떤 화를 당할지 알 수 없는 일이었고, 고영근에게 큰 죄를 내렸다간 그 역시 무슨 비난과 반발에 직면할지 알 수 없었다. 결국 이왕직은 고영근을 능참봉 자리에서 내쫓는 선에서 능비에 관한 일을 매듭지었다.

왕손

유길네 부부가 왔다는 말을 듣고 눈을 떴다.

"전하, 기운을 내소서."

유길이 손을 잡으며 한 말이었다.

"일으켜다오."

나는 상궁들에게 몸을 세우라고 했다. 상궁들이 베개를 몇 개씩 쌓아 나를 앉혔다.

유길은 회색 군복을 입고 은테 안경을 쓴 채 내 앞에 바짝 다가와 있었다. 마사코는 푸른 양장 차림으로 유길이 뒤쪽에 앉아 있었다. 작고 여린 여자였다. 첫아이를 잃었을 때 소리 없이 울던 모습이 스쳐갔다. 자식 잃은 여자의 울음은 그 어떤 짐승의 울음보다 애처로운 것이다. 하지만 나는 위로의 말도 제대로 한 마디 못했었다.

"유람은 좋았느냐?"

유길은 규슈를 유람하다 내가 위급하다는 소리를 듣고 달려온 터였다. 함께 규슈를 유람할 것을 제의했었지만, 나는 건강이 허락하지 않아 같이 나서지 못했다.

"네, 좋았습니다. 전하."

"좋아 보이는구나. 어쩌다 내가 이 모양으로 너를 보게 되는구나."

"전하께서도 좋아지실 겁니다."

"나는 틀렸다. 이제 모든 것이 너에게 달렸다."

"어찌 그런 말씀을 하십니까?"

유길은 눈물을 글썽였다. 뒤에 앉은 마사코도 눈물을 찍어내고 있었다. 울지 말라고 말해주고 싶었지만 혀가 말라붙으면서 아무 말도 할 수 없었다. 갑자기 온몸에서 기운이 빠져나가고 머리가 빙글빙글 돌았다.

"눕혀다오."

나는 크게 심호흡을 하며 가까스로 말을 쏟아냈다.

"전하!"

유길이 울음 섞인 음성으로 다급하게 불렀다. 나는 손짓으로 괜찮다는 뜻을 전하며, 눈을 감았다. 상궁 하나가 젖은 수건으로 입술을 적셔주었다. 나는 젖을 빨듯 젖은 수건을 빨았다. 금세라도 혀가 오그라들 것 같은 느낌에 여러 차례 젖은 수건을 빨았다. 어마님의 젖이 이런 맛이 아닐까 싶었다.

상궁 둘이 나를 눕히고 나자, 겨우 어지럼증에서 벗어날 수 있었다. 유길은 계속 괜찮으냐고 묻고 있었으나 대답할 기운이 없었다.

또다시 몽상 속으로 빠져들었다. 눈만 감으면 마치 꿈처럼 지난 일이 스쳐갔다. 온몸에서 모든 기운이 빠져나간 듯한데도 이상하게 기억만은 더욱 또렷하게 되살아나곤 했다. 그 기억의 실타래를 하나하나 풀어나가다 문득 깨어나면 며칠이 쏜살같이 흘러갔다.

도쿄를 다녀온 곤도가 왕세자와 마사코의 결혼식 장면을 설명하던 일이 떠올랐다.

1920년 5월이었다.

"도리이사카에 있는 왕세자 전하의 저택에서 성대하게 거행된 혼례식을 전하께 전해 올리게 되어 무척이나 영광스럽습니다."

곤도는 마치 눈앞에서 혼례식이 거행되고 있는 것처럼 세세하게 묘사했다.

"4월 28일, 혼례가 있던 날, 저는 아침 일찍 예복을 차려입고 이은 왕세자 전하의 저택으로 갔습니다. 벚꽃이 만개하고 꽃잎이 흩날리던 화창한 봄날이었습니다. 왕세자 전하께서는 대례복에 대수를 두르고, 국화 문양의 훈장을 가슴에 단 채 식장에 등장하셨습니다. 마사코 왕녀께서도 서양식으로 만든 흰색 비단 예복을 입고 머리엔 비단 화관을 쓴 채 황궁에서 내준 자동차를 타고 식장으로 오셨습니다."

그렇게 유길과 마사코는 부부가 되었다. 아바님께서는 원수의 나라에서 어떻게 며느리를 보겠느냐고 했지만, 그것이 유길의 운명이었다. 어쩌면 아바님께서도 오래전에 이런 일이 올 줄 아셨는지도 모른다. 내게 공민왕이 되라는 말씀을 하셨던 것도 그런 이유였을 것이다. 나 역시 유길에게 공민왕 이야기를 운운할 때 이미 예감한 일이었다. 이제 유길도 자식을 낳으면 공민왕 이야기를 들려줄 것이다. 10년이 흐르고, 50년이 흐르고, 다시 100년이 흘러도 그것은 대를 이어 전해져야 할 것이다. 그리고 언젠가 다시 대한의 황실은 재건되리라.

나는 곤도의 이야기를 들으면서 몇 번이고 그런 말들을 뇌까렸다. 스스로에게 주문을 걸듯 목구멍 속에서 계속 웅얼거렸다.

나는 마사코의 첫아이가 아들이길 바랐다. 그 아이에게도 하루빨리 아바님의 말씀을 전해주고 싶었다.

나의 바람처럼 마사코는 이듬해 아들을 낳았다. 1921년 8월 18일 아침에 왕손을 순산했다는 전보를 받았다. 새벽 2시 35분에 태어났다는 내용이었다.

유길네 부부는 다음 해 4월에 아이를 데리고 와서 덕수궁에 머물렀다. 유길네 가족은 4월 27일에 입국하여 5월 9일에 출국 예정이었다. 하지만 출국 하루 전날 왕손이 위급하다는 소식이 들렸다. 그리고 사흘 뒤에 아이의 숨이 끊어졌다. 유길과 마사코는 아이의 유해를 엄 귀비가 잠들어 있는 영휘원에 묻고, 묘명을 숭인원이라 하였다.

유길은 그렇게 아이를 안고 나를 찾아왔다가 빈손으로 돌아가야만 했다. 미처 아바님의 말씀을 전해주지도 못한 채 아이를 차가운 땅에 묻고 돌아서야만 했다. 돌아가는 유길의 어깨가 그어느 때보다 지쳐 있었다. 나는 유길의 어깨를 토닥이며 아이는 다시 생길 테니 너무 상심하지 말라 하였다.

유길이 떠나고 나자, 모든 것이 나의 죄인 것만 같았다. 적어도 내가 살아 있는 동안은 내가 짊어져야 할 짐들이었건만 그것을 너무 일찍 유길의 짐으로 넘겨준 것이 화근이라고 생각했다. 왕손은 이미 태어날 때부터 자신에게 엄청난 무게의 짐이 있음을 짐작하고 숨을 멈춰버린 것인지도 모른다는 생각도 들었다.

돌이켜 보면 아바님의 왕손들은 모두 세상 나오길 꺼렸다. 항문이 막혀 세상에 나오자마자 유명을 달리한 나의 형이 그렇고, 세상에는 도저히 머리를 내밀지 못하는 나의 씨앗들이 그렇고, 유길의 아들 진이 그렇다. 그들은 모두 세상이 무서운 것이다. 아니, 자신이 짊어져야 할 짐이 버거운 것이다. 그들은 뱃속에서, 아니 정낭 속에서부터 세상 돌아가는 상황을 모두 읽어내고 감옥 같은 왕좌에서 탈출한 것이다.

깨어나 보니, 모두 잠들었다. 전의도 유길도 평길도 마사코도 윤비도 모두 잠들었다. 언제 왔는지 덕혜도 잠들어 있었다. 덕혜는 작년에 일본으로 유학을 떠났는데, 내가 위급하다는 소리를 듣고 귀국한 모양이었다. 아바님이 늦게 얻은 유일한 딸이라며 그토록 안쓰럽게 여긴 아이였는데, 열네 살 어린 나이에 일본으로 가야만 했으니, 그 마음고생이 오죽하랴 싶었다. 이 아이도 유길처럼 일본에서 성인이 되고, 일인과 결혼을 해야 할 운명이라 생각하니, 미안한 마음에 똑바로 쳐다볼 수가 없었다.

나는 이불을 가져다가 덕혜를 덮어주었다. 그리고 살금살금 밖으로 나갔다. 다행히 상궁들도 모두 잠들어 있었다. 엄 내관과 이 내관이 말을 대기시켜놓고 기다리고 있을 터였다. 두 사람은 며칠 전에 나를 찾아와 옛날처럼 말을 달려 노량진역에서 기차를 타고 인천까지 가자고 제의했다. 물론 나는 흔쾌히 수락했다. 이번에는 정말 바다까지 달려가서 가능하다면 바닷속 깊숙이 들어가 금빛 상괭이들과 실컷 헤엄을 치며 놀아보리라 생각했다.

대조전을 나서자, 이 내관과 엄 내관이 기다리고 있었다. 나는 말 위에 올라 오랜만에 마음껏 달렸다. 바람이 상쾌하여 기분이 좋았다. 삼각산 어귀에는 진달래가 피어오르고 있었다. 진달래

냄새가 콧속으로 배어들자, 나는 한껏 신이 나서 소리를 지르며 달렸다.

아무도 쫓아오지 않았다. 누구도 나를 막지 않았다. 모두들 잠들어 있었다. 거리는 텅텅 비어 있고, 사람들은 고요 속에서 망각의 세계에 빠져 있었다.

"어떤가? 노량진역까지 누가 빨리 가는지 시합 한번 하지 않을 텐가?"

나는 두 내관에게 소리친 후 먼저 달렸다. 나는 환호성을 지르며 달렸다. 박차를 가하고 채찍을 휘둘렀다. 거추장스런 옷들을 벗어던졌다. 그리고 기어코 노량진역에 먼저 도착했다. 뒤를 돌아봐도 아직 두 내관의 모습은 보이지 않았다.

열차에 오르자, 낯익은 얼굴들이 많았다. 작은 체구에 백발이 성성한 노인분이 가장 앞자리에 앉아 있었다. 노인은 내게 다가와 아주 상냥하고 친절한 얼굴로 말을 건넸다.

"어서 오너라. 그동안 무거운 짐을 지고 다니느라 얼마나 고생이 많았느냐. 이제 짐을 내려놓았으니, 홀가분한 마음으로 함께 여행이나 가자꾸나."

분명히 낯익은 얼굴인데, 선뜻 누군지 떠오르지 않았다. 내가 어리둥절한 얼굴로 인사를 건네고 고개를 갸웃거리자, 노인은 내 어깨를 톡톡 두드리며 말을 이었다.

"척아, 나를 모르겠느냐? 네 할애비다."

할애비? 대원이 할아바님? 나는 흠칫 놀라며 뒤로 물러섰다.

"두려워 마라. 이젠 모든 것을 내려놓았는데, 무엇이 두려울 것이 있느냐?"

자주 뵌 적이 없어 얼굴이 익숙하지 않았지만, 할아바님이 분명했다. 하지만 무섭게 노려보는 화살눈이 아니었다. 온화하고 따뜻한 얼굴이었다.

"그래, 두려워할 것이 무엇 있니? 할아바지와 손자가 만났는데, 무슨 두려울 것이 있겠니?"

할아바님 뒤에 앉은 아낙네가 다가서며 한 말이었다.

"어마님!"

"그래, 척아! 오랜만에 보는구나. 이 어미가 너를 두고 떠난 것이 늘 마음에 걸렸는데, 이렇게 다시 만나니 너무 좋구나. 어서 오너라, 내 아들아."

"어마님, 역시 제 믿음대로 살아 계셨군요. 반드시 어딘가에 살아 계시리라 믿었습니다."

"네 아바님도 여기 계시니라."

"아바님이요? 어떻게 아바님이 여기에……."

그때 어마님 옆에 앉았던 사내가 일어서며 말을 건넸다.

"여기까지 오느라 수고가 많았구나. 내 네게 모든 짐을 맡기고 온 뒤로 늘 마음이 편치 않았는데, 이제 네가 짐을 내려놓았으니, 한결 마음이 편하구나."

이게 도대체 어찌 된 일이지? 나는 열차에 탄 사람들을 하나하나 살펴보았다. 사람들은 나와 눈이 마주치면, 가볍게 목례를 하였다. 그들 중에 하나가 내게 다가섰다. 늙은 여인이었다.

"아니, 조 상궁 아닌가?"

"폐하, 어서 오소서."

"아픈 몸으로 궁 밖으로 나갔다는 소식을 듣고 얼마나 가슴이 아팠는지 모르네. 그래, 몸은 괜찮은가?"

"보시다시피 이렇게 좋습니다."

"다행이네, 정말 다행이네. 그런데 여기 탄 사람들은 모두 낯이 익네. 도대체 어찌 된 일인가?"

조 상궁은 웃기만 할 뿐 대답은 하지 않았다.

"저기 저 사내는 누군가? 알 것도 같고 모를 것도 같은 얼굴인데."

"아, 저 사람은 무쓰히토입니다."

"무쓰히토? 일본의 메이지 천황 말인가?"

"그러하옵니다."

"어찌, 저 사람이 여기 있는 게야? 죽은 지 오래된 것으로 아는데……. 자네도 나와 함께 저 사람의 무덤에 가지 않았나? 기억나지 않는가? 내가 저 사람의 무덤에서 무릎을 꿇고 절을 했던 것을 자네는 까맣게 잊었단 말인가?"

조 상궁은 또다시 웃기만 할 뿐 대답을 하지 않았다.

"왜 웃기만 하는가? 자네 아무래도 몸이 좋지 않은가 보이. 이렇게 기억을 못하니……."

나는 무쓰히토 앞으로 다가섰다. 그는 사람 좋게 웃으면서 악수를 청했다.

"반갑소. 언젠가는 이렇게 만나게 될 줄 알았습니다. 그간 고생이 많았습니다. 모두 내 탓입니다. 내 욕심이 지나쳤습니다. 그땐 왜 그런 욕심을 부렸는지 모르겠습니다. 정말 미안하게 됐습니다. 사죄드립니다."

그는 두 손으로 내 손을 꼭 잡았다. 따뜻한 손이었다. 진정 어린 말이었다. 그런 탓에 나는 아무 대꾸도 하지 못했다.

무쓰히토 뒤에 앉은 자가 일어서며 고개를 숙였다.

"폐하, 어서 오십시오. 함께 여행을 하게 되어 영광입니다."

"뉘신지……."

"모르겠습니까? 저, 이토입니다."

정말 이토였다. 눈 아래 점도 선명하게 그대로 남아 있었다.

"저도 사과드립니다. 모든 것이 저의 잘못입니다. 정말 진정으로 사죄드립니다."

이토는 무릎을 꿇고 눈물까지 흘렸다.

"그때는 그렇게 하는 것이 옳은 줄 알았습니다. 힘 있는 자는 힘없는 자의 것을 마음대로 가져도 된다고 생각했습니다. 하지만 이제 깨달았습니다. 저의 욕심이 얼마나 많은 사람의 가슴에 피멍이 들게 했는지 이제 알았습니다."

이토의 뒤에 몇 명의 사람들이 함께 무릎을 꿇고 사죄를 청하고 있었다. 그중에 한 사람이 일어서며 다가왔다.

"폐하, 소신 또한 용서를 비옵니다."

이완용이었다.

"아니, 그대는?"

"그러하옵니다. 역신 이완용이옵니다. 신 또한 살아남는 것이 최선인 줄 알고 저 자신의 이익을 위해 폐하와 백성에게 온갖 고통을 안겼습니다. 신을 벌하여 주십시오."

나는 아무 말도 하지 않았다. 용서할 수 없는 자였다. 사지를 찢고 머리를 저자에 내다 걸어도 분이 풀리지 않을 자였다. 나는 그저 그를 노려보기만 했다.

"폐하, 그만 마음을 풀고 용서하소서."

콧수염을 단 청년 하나가 다가서며 말했다.

"그댄 뉘시오?"

"안중근입니다."

"안중근? 그대가 안중근?"

"그렇습니다."

"어찌 그대와 같은 사람이 이런 자를 용서하라고 하는가?"

"그 역시 가련한 사람입니다. 죄가 미운 것이지 사람까지 미워할 것은 없지 않겠습니까?"

그때, 저 안쪽에서 또 한 사람이 걸어 나오며 말했다.

"폐하, 안중근의 말이 옳습니다."

고영근이었다.

"자네가 여기 있을 줄은 몰랐네. 그런데 어찌 자네까지 저자를 용서하라고 하는가?"

"용서하지 않으면 폐하의 가슴만 더 아플 뿐입니다. 세간의 말에 맞은 자는 다리를 뻗고 잔다는 말이 있지 않습니까?"

그때 열차가 출발했다.

내가 창가에 앉아 넋을 놓고 바깥 풍경을 바라보고 있을 때, 조 상궁이 다가와 말했다.

"폐하, 이제 이 열차는 저 황해의 바닷속으로 갈 것입니다."

"정말인가?"

"그렇습니다."

"자네 아프더니 정신이 어찌 된 것인가? 열차가 어찌 바닷속으로 들어간단 말인가?"

"보십시오. 이미 바닷속에 들어와 있지 않습니까?"

정말 물속이었다. 금빛 상괭이 무리가 열차와 함께 달렸다. 거대한 흰수염고래도 함께 달렸다. 귀신고래는 등으로 물을 뿜어 올리며 달렸다. 날치 떼도 함께 달렸다. 수십만 마리의 고등어 떼도 함께 달렸다. 바다가 함께 달렸다.

열차가 물을 박차고 나가 하늘로 날아올랐다. 상괭이 떼도 흰수염고래도 귀신고래도 함께 날아올랐다. 날치 떼도 고등어 떼도 그 뒤를 따랐다.

열차는 태양을 향해 날아갔다. 태양빛이 너무 부셔서 눈을 뜰 수가 없었다. 그래도 나는 안간힘을 쓰며 눈을 떴다.

눈을 뜨자, 얼굴들이 희미하게 다가섰다. 그들은 무슨 말인지 알아들을 수 없는 소리를 냈다. 나는 말을 하고 싶었지만 입이 떨어지지 않았다. 눈도 너무 부셨다. 눈을 뜬다는 것이 이렇듯 고통스러운 일인 줄 몰랐다.

눈을 감았다. 다시 열차 안이었다. 여행은 여전히 계속되고 있었다. 편안했다. 내 생애 그 어느 순간보다도…….

길 위의 황제

| 펴낸날 | 초판 1쇄 2011년 11월 9일 |
| | 초판 2쇄 2012년 3월 21일 |

지은이 **박영규**
펴낸이 **심만수**
펴낸곳 **(주)살림출판사**
출판등록 1989년 11월 1일 제9-210호

경기도 파주시 문발동 522-1
전화 031)955-1350   팩스 031)955-1355
기획·편집 031)955-4694
http://www.sallimbooks.com
book@sallimbooks.com

ISBN 978-89-522-1647-2   03810

※ 값은 뒤표지에 있습니다.
※ 잘못 만들어진 책은 구입하신 서점에서 바꾸어 드립니다.

책임편집 **박지혜**